小学館文庫

美濃の影軍師

高坂章也

小学館

目次

美濃の影軍師

一章　不破与三郎

一

伊勢《いせ》からきた行商人というふれこみで、五助《ごすけ》が美濃《みの》の西保《にしのほ》城を訪れるのはこれで三度目だった。

昼下がり、城の大手門前で五助が待っていると、

「やあ、ひさしぶりだのう」

と小者頭の伊兵衛《いへえ》があらわれた。白髪の目立つ初老の男で、おだやかな顔つきをしている。

「本日は、よろしくお願いいたしまする」

五助は丁重に頭をさげた。

「うむ。確か、ご家老の岸《きし》さまの屋敷へ招かれているのであったな？」

「へい、さようで」

「では案内しよう」

伊兵衛はせかせかとした足どりで歩きはじめた。

五助も急いで荷物を背負って、伊兵衛の後を追った。

「すっかり暑さもやわらいだな」

伊兵衛は高い空を見上げながら言った。

「はい。我らのような旅の商人《あきうど》には、なによりのことでございます」

五助はそう答え、手拭いで汗をぬぐった。

暦はすでに八月(旧暦)に差しかかり、晴れ上がった日でもさわやかな涼風がふくようになっていた。

「それにしても、おぬしは城の女中から大層な人気のようだな。いったいどのようなからくりがあるのだ?」

伊兵衛がにやりと笑って言った。

五助は真っ黒に日焼けした小男で、髪はうすく顔もねずみに似たところがある。とても女に好かれるようには見えない。そこを伊兵衛はからかっているのだ。

「なあに、人気があるのは私ではなく、私が扱っている品物でございますよ」

五助が扱っているのは、紅や白粉《おしろい》といった小間物だった。

どれも上方《かみがた》より運ばれてきた上質なものだ。しかも、破格の安値で売りさばいているから、女たちが夢中にならないはずがなかった。

五助の狙いどおり、そうした評判は重臣の奥方たちの耳にも届いた。

そうなれば、奥方たちが、

「ぜひ、わたくしどももその品を見てみとうございます」

と夫にねだるのは自然ななりゆきだった。

岸の他にも、何人かの重臣から、屋敷を訪ねてくるようにと声がかけられていた。

「わしの女房や娘もな、おぬしの噂《うわさ》が気になっておるようだ」

伊兵衛がそう言ったので、

「では、また後ほど、長屋の方へうかがわせていただきましょう」

「そうか、そうしてもらえるか」

「きっと気に入っていただける品がございますよ」

五助は愛想良く応じながらも、ちらちらと目を動かして、城のなかを観察していた。

あちこちに番兵が立っているが、みな顔つきが引き締まっている。無駄口をきいたり、地べたに座り込むような者はひとりとしていない。

（……ふむ、さすがは不破《ふわ》どのがおさめる城だ）

城の様子をみれば、城主の器量がおおよそ分かるものだ。

この城の主《あるじ》である不破光治《みつはる》は、剛勇の将として知られており、国主の斎藤《さいとう》家に仕えて家老の要職にあった。稲葉良通《いなばよしみち》、氏家直元《うじいえなおもと》、安藤守就《あんどうもりなり》とならんで、西美濃四人衆と呼ばれることもある。

五助はまだ、じかに光治に会ったことはない。

（だが、そろそろ、懐《ふところ》へ入り込む足がかりが得られそうだ）

ただの間者《スパイ》であれば、城内へもぐり込んで様子を探っただけでも、よしとするだろう。しかし、五助は違った。城主の光治以外は最初から眼中になかった。

「ところで五助よ」

ふいに伊兵衛が振り返った。

「は、何でござりましょう」

「そなた、桑名《くわな》の三崎《みさき》城下から来たと言っていたな」

「へい、さようで」

「ところがな、先日、やはり三崎城下より来たという者と話をしたのだが、そなたの店のことを聞いてみると、まるで知らぬと言うのだ」

「…………」

五助のわきの下を冷や汗が流れる。

「まさか、おぬしが嘘《うそ》を吐《つ》いているわけではあるまいな」

伊兵衛は薄笑いをうかべて言った。

本気で疑っているわけではないようだが、うかつな返事はできなかった。

「……実を言いますと、城下に店をかまえているというのは、少々見栄《みえ》をはった話でして」

「ほう」

「まだ暖簾《のれん》分けしていただいたばかりなので、倉庫がひとつあるだけなのです」

「ははは、そういうことか」

伊兵衛はあっさり信じたようだった。

「どうか、みなさまには内緒にしていただけますよう、お願いいたします」

「それはかまわぬが、礼はしてくれるのだろうな?」

伊兵衛は機嫌よく言った。

五助はほっと溜《た》め息《いき》をもらした。

(どうにか誤魔化せたか)

間者《かんじゃ》をしていれば、このような危険はいつものことだが、やはり寿命が縮むような思いをする。

やがて、本丸へつながる門が見えてきたところで、

「はて、あの方は……」

と五助は前方を見つめた。

むこうから、妙な武士がやってくる。

妙な、というのは、その武士が釣り竿《ざお》をかついでいたからだ。

戦《いく》さに備えて空気の張りつめた城内にあって、のんびりと釣り竿をかついだ姿は、いやでも目をひく。

五助は伊兵衛の横にならんで、

「あれは、どなたさまです？」

とたずねた。

「……おぬし、ここでしばらく待っておれ」

伊兵衛は不機嫌そうに言い、小走りに武士へ近づいていった。

五助はいぶかしみながら、さり気なく伊兵衛の後に続いた。

（はて……？）

「これは与三郎《よさぶろう》さま、釣りでございますか」

伊兵衛は腰をかがめながら、丁寧にあいさつした。だが、その声にはどこか相手を軽んじた響きがある。

「おう、伊兵衛か」

与三郎と呼ばれた武士は、被《かぶ》っていた笠《かさ》を押し上げた。

二十四、五という年頃だろうか。色白で顔立ちが整っており、いかにも武門の貴公子といった印象だ。ところが、その表情にはまるで締まりがなく、口もとにはだらしない笑みが浮かんでいた。
（与三郎といえば、確か、光治どのの弟だったな）

五助は記憶を探りながら、ふたりのやり取りを見守った。

「今度はな、加茂《かも》の方まで足を延ばしてきたのだ」

与三郎はにんまりと笑って言う。

「それで、大物は釣れましたか？」

「うむ。これほどもある岩魚《いわな》を釣り上げたぞ」

そう言って両手を三尺（九十センチ）ほどに広げた。

（たいしたホラふきだ）

五助は内心でおかしかった。岩魚はどれだけ成長しても、せいぜい二尺（六十センチ）にしかならない。

「それはようございましたな」

「かなり上流まで登ってきたから疲れた。これから帰って寝るところだ」

与三郎はそう言うと、急に伊兵衛への関心を失ったように、ぶらぶらと歩き出した。

伊兵衛はその後ろ姿を冷ややかな目つきで見送る。

五助はそっと近づくと、

「与三郎さまというと、お殿さまの御舎弟の？」

とたずねた。

「聞いていたのか。ずいぶんと耳がいいようだな」

伊兵衛は顔をしかめた。

「はは、商人というのは耳が早くなくては務まりませぬもので」

「確かに、与三郎さまは殿の御舎弟だ。しかし、殿とは腹違いでな」

「ほう……」

「与三郎さまの母親は、どこぞの貧しい地侍の娘だったと聞く。それで、殿とは似ても似つかぬ、あのようなお人柄になったのであろうよ」

どうやら伊兵衛は、与三郎のことを主家の恥部だと思っているらしい。主家への遠慮がなければ、「あの阿呆《あほう》めが」とでも言いたげだった。

「さようでございましたか……」

五助は与三郎が去っていった方をじっと見つめた。

（確かに、一見すると阿呆に思えるが……）

なんとなく、それだけでない引っかかりをおぼえた。

「さあ、よけいな道草をくってしまった。急ぐぞ」

伊兵衛はこの不快な話題を打ち切るように、さっと歩き出した。

五助も背中の荷をかつぎ直すと、急いで伊兵衛の後を追った。

二

自宅へ戻った与三郎は、軒下に釣り竿を立てかけてから、土間に入った。

とたんに、だらしない薄笑いが口元から消え、別人のように引き締まった顔になる。

「宇八《うはち》、いるか」

奥へ呼びかけたが、しばらく待っても返事はなかった。

(どこぞへ出かけたかな)

仕方なく、与三郎は自分で盥《たらい》に水をはって足をすすいだ。

与三郎の家は、二の丸の片隅にあった。板ぶき屋根の粗末な建物で、土間をふくめて三間しかない。しかも、小者の宇八とふたりきりの生活だった。

濡《ぬ》れた足を手拭いでふいたあと、与三郎は板間へ上がった。

(何か、食べるものはないか)

今朝から何も口にしておらず、腹と背中がくっつきそうだった。

しかし、炊事場の鍋の蓋を開けても、釜をのぞいても、食べるものはなかった。

こうなれば、宇八が帰ってくるのを待つしかない。

ぐうっと腹が鳴るのを我慢しながら、与三郎は居室へ入った。

裏庭に面した障子が、風通しのために開いていた。

まずは障子を閉め、それから背負っていた布包みを下ろした。

包みには雑多な旅の道具が入っている。そのなかに、水に濡れないよう油紙でしっかりと包んだ地図があった。

与三郎は油紙をはがして、地図を広げた。

それは与三郎がみずからの手で作り上げた美濃国の地図だった。

城や砦《とりで》、街道や間道など、軍事にかかわるあらゆる情報が描き込まれている。この地図を見れば、ひと目で美濃の情勢が分かるようになっていた。

今回、加茂へ釣りに行っていたというのは、世間の目をあざむくための作り話だった。じっさいは、先月あらたに築かれた織田《おだ》家の砦を調べてきたのだ。

その砦は、美濃と尾張《おわり》をつなぐ街道の要所にあった。

(これでは、斎藤家は急所をにぎられたも同然だな)

与三郎はあらためて地図を眺めながら思った。

この数年、美濃は織田家からたびかさなる侵略をうけていた。

織田家の若き当主、信長《のぶなが》は、三年前の永禄《えいろく》三年(一五六〇)に桶狭間《おけはざま》において今川《いまがわ》義元《よしもと》を討ち取って以来、いちじるしく勢力を拡大している。

一方で、斎藤家の主である龍興《たつおき》は、暗愚としかいいようのない人物だ。

（このままでは、いずれ美濃は織田家の手中におさまるだろう）

それが与三郎の正直な感想だった。

もちろん、こんな話を他人に語ったことはない。

不破与三郎といえば、釣りのことしか頭にない阿呆ということになっているからだ。

与三郎が愚かなふりをしているのは、我が身を守るためだった。

この時代、武家の当主の座をめぐって、父と子、兄と弟が、血みどろの争いをすることも珍しくはなかった。優秀な弟というのは、それだけで兄から危険視されるものだ。

まして、与三郎の亡き母は、貧しい地侍の娘だった。つまり、与三郎には母方の実家による後ろ盾がまるで無いことになる。

唯一、与三郎を保護してくれたのは父親の通直《みちなお》だったが、その父も七年前に亡くなった。

もし城のなかの誰かが与三郎を目障りだと思えば、いつでも殺すことができただろう。

だから、与三郎は、自分はわざわざ殺すほどの価値もない阿呆だと、まわりに思わせてきたのだった。

与三郎がじっと地図に見入っていると、ふいに裏庭に誰かが入ってくる物音がした。

（いかん）

慌てて地図をたたんだ。

部屋のすみの戸棚を動かし、裏側の羽目板をはずして、そのなかに地図を隠した。

戸棚を元どおりにして、ほっと息をついたところで、

「もし、与三郎どの。おられるかな？」

と呼びかけてくる声がした。

（なんだ、御住職だったか）

どうやら慌てる必要はなかったようだ。

与三郎は障子に歩み寄って開いた。

庭に立っていたのは、正照寺《せいしようじ》の住職である円了《えんりよう》だった。

ことしで四十五になる円了は、かた太りしており、脂ぎった肌がいかにも精力的な印象をあたえてくる。

「御住職、急にどうなされたのです」

与三郎はたずねた。

円了が与三郎に用があるときは、だいたいは寺の下男か小僧を使いによこして、正

照寺に招いていた。いきなり自らやってくるなど、これまでにないことだ。

「急ぎで相談したいことがあるのじゃ」

円了は青ざめた顔で言った。

よほど急いで来たのか、息を切らせている。

「ほう……ともかく、お上がりください」

与三郎は円了を部屋に招き入れた。

円了は座るとすぐに、

「頼む、そなたの力を貸してくれ」

とすがるように言った。

「それは、御住職のためなら、できるかぎりのことはいたしますが……」

与三郎は戸惑いながら答えた。

円了は、与三郎の愚かさが演技であることを見抜いた、ただひとりの人間だった。

与三郎の本当の姿を知っているのは、この世で円了と宇八のふたりだけと言っていい。

「わしは、宮田《みやた》村から逃げてきたばかりじゃ。忠次郎《ちゅうじろう》のやつめに、危うく殺されそうになってな」

円了は震える声で言った。

「なんですと？」

よく見れば、円了の僧衣はあちこちが破れ、足元は泥だらけになっていた。

「なぜ、そのようなことになったのです」

「忠次郎め、女房のおこんとわしが密通していると勘違いしおったのだ」

「……御住職、まさか」

「違う、そなたまで妙な思い違いをするな。おこんについては、本当にわしは手を出しておらぬ」

円了は慌てて言う。

「さようですか……」

与三郎はうなずきながらも、まだ疑いを捨てきれていなかった。

円了は、僧の身でありながら女癖が悪かったからだ。

幼い頃は比叡山《ひえいざん》で修行をつみ、成人してからは京の大寺に勤めていたというのに、こんな田舎の寺へ送られることになったのは、それが原因だった。

正照寺の住職になってからも、女たちに次々と手を出していることを、与三郎は知っていた。

「いくらわしでも、夫を持つ女と姦通《かんつう》したりはせぬぞ。それだけは御仏《みほとけ》に誓って本当じゃ」

円了は懸命に弁明した。

確かに、これまで円了が関係をもった女たちは、みな後家ばかりだった。だからこそ、大きな問題になることがなかったのだが。

「では、どうして忠次郎に勘違いされたのです？」

「おこんは、かわいそうな女でのう。まだ二十歳にもならぬというのに、五十を過ぎた忠次郎に嫁入りさせられたのじゃ。親が忠次郎に金を借り、それを返せなくなったので、代わりに娘を差し出したというわけでな」

「噂には聞いております。嫁にしてからも、忠次郎はおこんを家畜のようにこきつかっているとか」

「さようじゃ。そのおこんから、いろいろと相談したいことがあると言われてな。わしも面倒なことにかかわりたくはなかったのだが、あまりに気の毒に思えて、何度か話を聞いてやっていたのじゃ」

「それを、密通していると勘違いされたというわけですか」

「うむ。今日も、村にある小屋でおこんに会っていたのだが、そこへ忠次郎がいきなり踏み込んできてのう。やつめ、頭に血が上って刀を振り回し、危うく斬られるところだったわい」

「よく逃げられましたな」

「騒ぎを聞いた村の者たちが駆けつけてきて、忠次郎を押しとどめてくれたのだ。その隙に、どうにか逃げだせたのじゃが……」

「それで、私に何をしてほしいのです？」

「頼む、わしと一緒に宮田村へ行き、おこんを助けてやってくれぬか。わしを殺そうとした忠次郎が、おこんを無事に済ませるとは思えぬ。今頃、ひどい目にあわされておるじゃろう」

「なるほど……」

事情を聞けば、もはや一刻の猶予もならないようだった。

「分かりました、まいりましょう」

「おお、行ってくれるか！」

「すぐに支度をいたします」

与三郎は立ち上がり、両刀を腰に差した。

三

平田《ひらた》忠次郎は、今でこそ村で一番の名主となっているが、もとは百姓の下人のせがれだったという。若い頃、貧しい暮らしに嫌気が差し、村を飛び出して足軽になったそうだ。

雇われ者の足軽といえば、給金が安いかわりに、攻め入った先での掠奪《りゃくだつ》が許されることが多い。

忠次郎も、戦さに出るたびに、手当たり次第に民家へ押し入っては、金目のものを奪っていたらしい。噂では、そこで殺した人間もひとりやふたりではないという。

そうやって一財産を築いた後、忠次郎は故郷へ戻って金貸しをはじめた。

村人たちに高利で金を貸しつけ、返済がすこしでも遅れれば、容赦なく田畑や家屋敷を取り上げていった。

もちろん、村人たちからは深く恨まれたが、怒れば悪鬼のように暴れ回る忠次郎には、誰も逆らうことはできなかった。

こうして名主にまで成り上がったのが、忠次郎という男だ。

今では、近隣のならず者たちを集めて子分にし、ますます手の付けられない存在になっている。

「ともかく、まずは話し合いをしてみましょう。思い違いと分かってもらえるなら、それに越したことはありませんからな」

宮田村への道を急ぎながら、与三郎は言った。

「やつに聞く耳があるとは思えぬがな」

円了は怯《おび》えた顔で答える。

西保城から宮田村までは、徒歩《かち》で一刻《いっとき》（二時間）ほどの距離だった。日が大きく傾きはじめた頃、宮田村が見えてきた。

村はなだらかな平野のなかにあり、いかにも豊かそうな田園風景を作っている。田《たん》圃《ぼ》では、もう間もなく収穫を迎える稲穂が黄色く色づき、ずっしりと重たげに垂れていた。

村に入ってしばらく進むと、向こうから中年の百姓がやってきた。

「おお、これは御住職さま！」

百姓は慌てて駆け寄ってきて、

「先ほどは、たいへんな騒ぎだったそうでごぜえますな。お怪我《けが》はございませんか？」

「うむ、わしは無事じゃ。それよりも、あれからおこんがどうなったか知っておらぬか？」

「おこんでしたら、忠次郎どんが屋敷へ連れかえりましたが……」

「まだ殺されてはおらぬだろうな？」

「へ、へい。しかし、おこんを庭へ引きすえて、ひどい折檻《せっかん》をしておるようでござりますよ」

「分かった。屋敷へ行ってみよう」

「あ、お待ちくだせえまし」

百姓は急いで円了を引きとめて、

「今、御住職さまがお顔をだされたら、間違いなく殺されまするぞ。忠次郎どのは怒りに我を忘れて、暴れ狂っておりますからな」

「わしなら大丈夫じゃ。こうして与三郎どのがいてくれるからな」

「与三郎どのが……」

百姓が安心したようには見えなかった。

与三郎はよく宮田村まで釣りにくるので、村人たちのほとんどと顔見知りになっている。

彼らの前では、阿呆のふりをすることがない代わりに、本当の身分は隠していた。だから、百姓は与三郎のことを、その辺の地侍の三男坊くらいにしか思っていないはずだ。

「忠次郎どんは、たちの悪い子分どもを呼び集めておりますぞ。お侍さまおひとりでは、どうにもなりませぬよ」

「いや、案じなくともよい。ともかく、急がねばおこんが危ない」

円了は百姓を押しのけるようにして、道を進んだ。

与三郎もすぐ後に続く。

やがて、忠次郎の大きな屋敷が見えてきた。

まわりの村人たちは、かかわりあいになるのを恐れてか、みな家のなかに引っ込んでいるようだった。

与三郎たちは屋敷の庭に入った。

百姓が言っていたとおり、そこには忠次郎の子分たちの姿があった。

いかにも荒々しい風体《ふうてい》の者ばかりで、腰には粗末な刀を差している。全部で六人だ。

「弥五郎《やごろう》どん、あの坊主がきましたぜ！」

男のひとりが声を上げた。

「ふうん、いい度胸じゃねえか。わざわざそっちから殺されにくるとはな」

弥五郎と呼ばれた男が、にやにや笑いながら近づいてきた。子分たちのなかでは、一番の兄貴分のようだ。

円了は、本来ならば領主の光治でさえ敬意をはらう高僧だった。

だが、この野獣のような連中には、僧侶のありがたさなど、まるで通じないようだ。

「おこんはどこにおる」

円了は辺りを見回しながら言った。

庭にはおこんと忠次郎の姿はなかった。

弥五郎は、ぺっと地面につばを吐いて、

「平田の旦那なら、そこの納屋のなかにいるぜ」

と答えた。

そのとき、納屋のなかから、

「お、お許しください！」

という悲鳴まじりの声が聞こえてきた。おこんのようだ。

「納屋で何をしておるのじゃ」

円了は青ざめた顔でたずねる。

「おこんは、夫がいながら他の男と密通しやがった。そんな女は畜生とおなじだ。畜生には、畜生にふさわしい扱いってものがあるだろうよ」

弥五郎は薄笑いをうかべて言う。

「御託をならべずともよい。忠次郎は何をしておるのじゃ⁉」

「おこんの額に焼き印を押しているのさ。牛とおなじようにな。そうすりゃ、おこんが誰のものなのか、ひと目で分かる」

「なんということを……」

円了はわなわなと震え、

「忠次郎を止めねばならん、そこをどけ」

と一歩踏み出した。

だが、子分たちが道を空けるはずもなかった。

逆に、刀の柄《つか》に手をかけながら、円了を取り囲もうとする。

「もう少し待ってな。そうすりゃ、おこんへの仕置きが終わって旦那が出てくる。その次は、おめえの番だぜ」

弥五郎は残忍な笑みをうかべて言った。

そこで、納屋から忠次郎の怒声が聞こえてきた。

「大人しくしねえか！　じっとしてりゃあ、すぐに済むんだ！」

同時に、おこんの絶叫が響きわたる。

「御住職、お下がりください。確かに、話が通じるような相手ではなかったようです」

与三郎は円了の前に出た。

「誰だ、てめえは」

弥五郎が睨《にら》みつけてくる。

「兄貴、こいつはいつも川で釣りをしている侍ですぜ」

子分のひとりが、小馬鹿にしたように言った。

「ふうん。てめえも痛い目を見たいのか」

弥五郎たちは、相手が武士だからといって恐れ入る様子はなかった。

「おぬしたちの相手をしている暇はない。いいからそこをどけ」

「どかなければどうする?」

「力ずくでも通してもらうぞ」

「おもしれえや」

弥五郎は、さっと飛び下がって刀を抜いた。

ほかの子分たちも、一斉に刀を抜きつらねる。

(こうなれば、やむを得ぬ)

与三郎は腰を落として、刀の柄に手をかけた。

だが、すぐには刀を抜かず、相手からしかけてくるのを待った。

子分たちは声を上げ、威嚇するように体をゆすったが、なかなか斬りかかってこない。

「おい、何を怖《お》じ気《け》づいてやがる。相手はたったひとりだぞ。ずたずたにしてやれ!」

弥五郎が苛立《いらだ》たしそうに怒鳴った。

その声に背中を押されたように、

「うおぉぉお!」

と子分のひとりが叫んで、斬りかかってきた。他の連中もそれに続く。

先頭の男が振り下ろした刀を、与三郎はさっと右に跳んでかわした。同時に刀を抜き、くるりと峰を返して、男の顔面を打った。

「ぎゃあっ！」

鼻をへし折られて、男は倒れた。

「この野郎！」

別の男が背後から斬りかかってくる。

その刀を撥《は》ね上げると、がら空きになった男の胴へ鋭い一撃をくわえた。

「ぐおっ」

男は悶絶《もんぜつ》して倒れ込む。

ほとんど同時に、男のひとりが刀をかまえて突き込んできた。

与三郎はひらりと横にかわして、男の伸びきった腕に刀を振り下ろした。

ぼきり、と骨の折れる音が響いた。

「ひいっ、おれの腕が！」

男は悲鳴を上げてうずくまる。

「うわわああ！」

立ちすくんでいた男が、恐怖を振りはらうように叫んだ。

やみくもに振り回した刀が、隣の仲間の肩を切り裂く。

「痛っ、この馬鹿野郎！」

慌てふためくふたりに、与三郎は素早く駆け寄った。

刀をふるって、ひとりの肩を打ち、もうひとりの脇腹を払う。

ふたりは悲鳴を上げる間もなく、悶絶して地面に倒れた。

すべては、あっという間のできごとだった。

残ったのは、弥五郎だけだ。

「ちくしょう、役立たずどもめ！」

弥五郎は引きつった顔で叫ぶ。

「どうする、まだやるつもりか？」

与三郎が聞くと、弥五郎は慌てて首を横にふった。

「では、そこをどけ」

弥五郎が横に飛びのくと、与三郎は納屋に向かって駆けた。

納屋の戸を蹴りやぶって、なかに飛び込む。

忠次郎がおこんにのしかかっているのが目に入った。

今まさに、焼きゴテをおこんの額に押し当てようとしている。

「てめえ、なんだ！」

振り返った忠次郎が、目を剝《む》いて叫んだ。

与三郎は無言で駆け寄り、忠次郎の腰を蹴った。

「うおっ」

忠次郎は地面に転がった。

「おこん、無事か？」

与三郎はおこんを抱きおこした。

さんざん殴られたせいで、おこんの顔は無惨に腫れあがっている。だが、焼き印は押されずに済んだようだ。

「おめえ、こんな真似《まね》をして、ただで済むと思うなよ」

忠次郎は体を起こし、凄《すさ》まじい形相《ぎょうそう》で睨んできた。

「ただで済まぬのは、おまえの方だぞ、忠次郎」

「なんだと？」

「おまえは勝手な思い込みから、正照寺の住職である円了どのを殺そうとした。このことがご領主の耳に入れば、厳しく処罰されるのはおまえの方だ」

「なにっ」

「おこんは、今日限りでおまえと離縁する。文句があるのなら、城へ訴え出るがよい」

「てめえ……」

忠次郎はうめくように言うと、おこんに目を向けた。

「おこん、勝手な真似は許さねえぜ。もし実家に帰るというなら、おまえの親に貸した金を取り立ててやるからな。おまえの家族は家も田んぼも失って、みんなで首をくくることになるんだ」

その脅しを聞いて、おこんが息をのむのが分かった。

「いや、そのようなことにはならぬ」

そう言ったのは、納屋に入ってきた円了だった。

「なんだと？」

「近頃、金貸しによって百姓が苦しむさまは目に余るものがある。わしは以前から、城の殿さまにそう申し上げておった」

「………」

「殿さまも、わしの話がもっともであるとうなずいてくださってな。近いうち、度を過ぎた高利は無効にするというお触れが出るはずじゃ」

「くそ坊主め、よけいな真似を」

忠次郎の顔は怒りで赤くふくれあがっていた。

「さあ、おこん、こちらへおいで。実家まで送ってやろう」

円了がやさしく呼びかけた。

おこんは泣きながら、円了の胸に飛び込んだ。

「……いや、そうはさせねえぞ！」

忠次郎は手近にあった棒をつかみ、円了へ殴りかかった。

与三郎はすぐさま駆け寄り、忠次郎の首筋を刀で峰打ちした。

「ぐむむ……」

忠次郎は白目を剝いて、ばたりとその場に倒れた。

「……さあ、行きましょう」

与三郎は刀を鞘《さや》におさめて、円了たちに声をかけた。

三人が納屋を出ると、子分たちはまだ地面に倒れたままだった。

弥五郎はどこかへ逃げてしまったようだ。

屋敷の庭を出たところで、

「御住職、どこぞで馬でも借りましょうか」

と与三郎は言った。

おこんの実家は隣村にある。おこんは弱っていて、そこまで歩けないだろう。

「うむ、済まぬがよろしく頼むぞ」

円了はうなずいた。

二章　濡れ衣

一

それから、五日が過ぎた。

忠次郎がまた何か騒ぎを起こすのではないか、と警戒していたが、平穏に日々は過ぎていた。

「やつめ、与三郎どのに懲らしめられて、大人しくなったのではないかな」

円了はすっかり安心している様子だった。

しかし、与三郎はこれですべて片づいたとも思えなかった。

(ああいう男は、蛇のように執念深いものだ)

こちらが油断するのを待って、復讐《ふくしゅう》しようと企《たくら》んでいるのかもしれない。

その日、与三郎は朝から部屋にこもり、円了から借りた書物を読んでいた。

　正午が近づき、そろそろ読書にも飽きてきた頃、土間に誰かが入ってくる気配がした。

（宇八が戻ってきたかな）

　だとしたら、昼飯を早めに作るよう頼もうと思い、障子を開けて土間をのぞいた。

（……む、岸か）

　そこにいたのは宇八ではなく、不破家の家老である岸権七《ごんしち》だった。

　岸は六十を過ぎた老臣で、大柄ででっぷりと肥えており、いつも不機嫌そうに顔をしかめている。背後に二人の武士をひきつれていた。

　与三郎は急いで障子を閉め直し、書物を戸棚のなかに隠した。

　それから、床に寝転がって目を閉じる。

　阿呆と思わせるには、いつでも昼寝をしているように見せかけるのが一番だった。

「与三郎さま、いらっしゃいますか」

　土間から岸が呼びかけてきた。

　与三郎は返事をしない。

「もし、おられませぬのか？　……ええい、そこの障子を開けてみよ」

　岸が苛立ったように命じた。

　配下のふたりが廊下へ上がり、障子を引き開ける。

与三郎はそれでもまだ眠ったふりを続けた。

「また昼寝か。まったく、しようのないお人じゃ」

岸は呆《あき》れたように言ってから、

「かまわぬ、起こしてしまえ」

と命じた。

配下のふたりが草履のまま部屋に入ってきた。与三郎の両腕をつかんで、ぐいっと引き起こす。

「な、何ごとだ！」

与三郎は驚いたように声を上げた。

「お昼寝のところ、申しわけございませぬな」

「おお、これは岸どの。なぜ、このような手荒な真似をするのです」

与三郎は情けない表情を作って問いかけた。

「殿が与三郎さまをお呼びです」

「兄上が？」

「さあ、お連れしろ」

岸が命じると、配下のふたりは与三郎を部屋から引きずり出した。

「岸どの、やめてくだされ！」

与三郎が抗議しても、岸は無視した。

（いったいこれは、どうしたことだ）

これまでにも、いきなり兄に呼びつけられることはあった。だが、このように力ずくで引っぱっていかれるのは初めてのことだ。何か、よほどの変事でもあったのだろうか。

光治の屋形《やかた》は城の本丸にあった。

屋形に入ると、そのまま廊下を進んでいき、板敷きの大広間に連れこまれた。

そこには多くの家臣が集まっていた。与三郎が入ってくると、みなが一斉に振りむく。

広間の上段には、光治の姿があった。

光治は立ち上がって与三郎を迎えた。身の丈六尺（百八十センチ）はあろうかという雄偉な体格で、その眼光は虎のように鋭い。

与三郎は光治の前にひざまずかされた。

「兄上、これは何ごとでございますか」

与三郎は光治を見上げた。

光治は不快そうに頬をゆがめて、じっと与三郎を見下ろし、

「おぬし、とうとうやりおったな」

と言った。

「何のことでございましょう」

「とぼけるつもりか」

「いえ、本当に心当たりがないのですが」

与三郎は戸惑いながら答えた。

「ふん、では聞かせてやろう。岸よ、その方から申せ」

「はっ」

岸は光治に向かって一礼してから、

「今朝方、宮田村より使いの者がまいり、名主の平田忠次郎の一家が皆殺しにされたことを報告いたしました」

と言った。

「なっ……それはまことにございますか？」

与三郎は驚いた。

おこんは実家に戻ったが、屋敷にはまだ忠次郎の老母や先妻の子供たちがいたはずだ。

岸は与三郎の言葉を無視して、話を続けた。

「私は殿からお指図を受け、ただちに村へ検分に向かいました。屋敷を調べますと、確かに一家五人が殺されておりました。それだけでなく、金品もすべて持ち去られていることが判明いたしました」

そこまで言うと、岸はじろりと与三郎を見て、

「私は村人を集めて、屋敷を襲った賊に心当たりはないかとたずねました。すると、数日前に、与三郎さまが忠次郎といざこざを起こして、刀を抜く騒ぎになったという話を聞きました」

「そ、それは……」

事実であるだけに、与三郎は何も言い返せなかった。

「さらに、忠次郎のもとで働く下人の娘が、昨夜、屋敷の前で怪しげな男を目にしたと申し出ました。その男は、村へよく釣りにやってくる侍だったそうです」

それを聞いて、家臣たちはどよめいた。

与三郎がよく宮田村へ釣りに出かけていることは、誰もが知っていることだ。

「最後に、我らは屋敷でこのようなものを発見いたしました」

岸は懐から布で包んだものを取り出した。

布を開くと、釣りで使う木彫りの浮きがあらわれる。

岸は浮きをつまみ、皆によく見えるよう高く掲げながら、

「ここに『与』というひと文字が刻まれているのが見えましょう。これは、まさに与

三郎さまがお作りになった品です」

と言った。

（ばかな……）

確かに、それは与三郎が作った浮きだった。

しかし、その浮きがなぜ忠次郎の屋敷に落ちていたのか、まるで見当もつかなかった。

「どうじゃ。これで、おぬしが平田家へ押し入った賊であることは明らかだ」

光治は冷ややかに与三郎を見つめながら言った。

（違う、これは何かの間違いだ）

何か言い返そうとしても、頭が混乱していて言葉が出てこない。

「我が弟といえども、これほどの罪を許すわけにはいかぬ。本来なら斬首するところだが、せめて武士らしく、腹を切らせてやろう」

光治は重々しく告げた。

二

与三郎はどっと冷や汗を流した。

（このままでは本当に殺される）

もし切腹を拒めば、家臣たちがよってたかって与三郎を押さえこみ、無理にでも腹を切らせるだろう。

「お、お待ちくだされ。私にも弁明したいことがございます」

与三郎は必死に訴えた。

「ほう、この期《ご》におよんで、まだ言いたいことがあるというのか」

「ございます」

「では、一応は聞いてやろう」

「それでは申し上げます」

与三郎は懸命に頭を働かせながら、

「先ほど、下人の娘が私を見たという話がございましたが、そのようなものは決してあてにはなりませぬぞ」

「なぜだ」

「昨夜のことを思い出してくだされ。雲が空を覆い、星明かりひとつない闇夜であったはずです」

「……確かにそうじゃ」

「さらに、検分された岸どのならご存じかと思われますが、忠次郎の屋敷と下人たちの小屋の間には広い庭があります。それだけ離れていれば、たとえ不審な者を見かけたとしても、顔まで見分けるのはとても無理でしょう」

「………」

光治は戸惑った顔で与三郎を見つめた。

いつもにやにや笑っているだけの弟が、別人のように雄弁に語るのが意外だったのだろう。

与三郎も、もはや愚か者のふりをする余裕はなかった。

「さらに、釣りの浮きも、私が賊である証拠にはなりませぬぞ」

「なぜだ」

「浮きなどは、釣りをしていれば何かの拍子にすぐ無くしてしまうものです。そうした浮きのひとつを、川で遊んでいた忠次郎の子供が発見し、家へ持ち帰ったというのは十分に考えられることです」

「そのような都合のよい話があるものかの」

「ですが、兄上、よくお考えください。これから名主の家に押し込もうという者が、わざわざ懐へ釣り道具を入れていくでしょうか？」

「む……」

光治はふたたび黙り込んだ。

「最後に、私が忠次郎と争ったという話ですが、それは決して私怨によるものではございません。正照寺の円了さまを守るためにやったことです。嘘だと思われるなら、円了さまにお確かめください」

「ほう、円了どのが……」

その名を聞いて、光治の気持ちが大きくゆらぐのが分かった。

(これならば、助かるかもしれない)

与三郎は希望をいだいた。

だが、そこで思わぬ声が上がった。

「殿、何をためらっておいでです」

岸は叱るように言って、

「与三郎さまがどのように言い逃れしようと、もはや罪は明らかにございます。ここで処断なさいませんと、不破家の名に傷がつきますぞ」

「……うむ、そうであったな」

ふたたび光治の表情が変わった。

光治は険しい顔で与三郎を睨みつけ、

「未練がましい言い訳はもうよい。潔く腹を切って、罪をつぐなうのだ」

「しかし、兄上……!」

「ひとりでは覚悟がつかぬというなら、手伝ってやろう」

光治がさっと手を挙げた。

与三郎の両腕を押さえていたふたりが、ぐっと力を込めた。与三郎の体は前のめりになる。

光治の側《そば》にひかえていた家臣が、素早く立ち上がった。

家臣は与三郎の横に立つと、静かに刀を抜いた。

「兄上、このようなことをなされますと、後で必ず悔いることになりますぞ！」

与三郎は必死に叫んだ。

だが、光治は耳を貸すことなく、

「よし、やれ」

と命じただけだった。

家臣が刀をかまえるのが分かった。

その刀が振り下ろされれば、与三郎の首は床に転がることになるのだ。

与三郎は意識がすっと遠退《とおの》くのを感じた。

そのときだった。

「あいや、お待ちあれ」

ふいに横から声が飛んだ。

振り下ろされる寸前だった刀が、ぴたりと止まる。

「……半兵衛《はんべえ》どの、いかがなされた」

光治は苦々しい顔で、横をふり向いた。

そこには、与三郎も見覚えのある人物が座っていた。

まだ二十歳そこそこの若さで、線が細く、女人《にょにん》のような優しげな顔をしている。

(竹中《たけなか》さま……)

まぎれもなく、菩提山《ぼだいさん》城主の竹中半兵衛重虎《しげとら》だった。

今まで気づかなかったが、半兵衛は最初からずっと広間の隅に座っていたようだ。

(そうか、竹中さまは立会人として招かれたのだな)

菩提山城は、西保城からほど近いことから、日頃、不破家と竹中家の間には親しい付き合いがあった。

「お話をうかがっておりますと、与三郎どのの弁明には筋が通っているように思われましたが」

「ふむ……」

「少なくとも、今の時点で与三郎どのを賊と決めつけるのは無理がありましょう」

「……確かに、そうかもしれぬな」

光治は渋々と認めて、手を挙げて家臣たちに合図をした。

介錯役《かいしやく》の家臣が、刀をおさめて引き下がる。

与三郎の両腕を押さえ込んでいたふたりも、おそるおそる手を離した。

（……助かった）

与三郎は大きく溜め息をついた。

今になって、体が震えてくる。

岸が挑むように言った。

「では、竹中さまはこの一件、どのように始末せよとおっしゃるのですか？」

「そうですね……たとえば、与三郎どのに、自らの潔白を示していただくというのはいかがでしょうか」

「といいますと？」

「与三郎どのに賊を捕らえていただくのですよ。それならば、まさに何よりの無実の証《あかし》となるのではありませんか？」

「ふむ……」

光治が考える様子を見せた。

「しかし、与三郎さまを解き放って、それで逃げられたらどうするのです」

岸が唾を飛ばして反論したが、半兵衛は穏やかな口調で、

「ならば、見張りの者をつければよろしいではありませんか」

と答えた。

「……よし、半兵衛どのの提案に従おう」

光治はそう言うと、

「与三郎よ、明日より三日のうちに賊を捕らえてまいれ」

「たったの三日でございますか？」

「ことは我らの膝元で起きたのだ。三日もあれば十分に調べられるはずだ」

「……わかりました」

「それに、おぬしには見張りをつける。もし、おぬしが逃げるそぶりを見せれば、ただちに斬り捨ててもよいという許可を与えた上でな」

光治は脅すように言ってから、

「では、ただちに調べに取りかかるがよい」

と告げた。

「……かしこまりました」

与三郎はそう答えるしかなかった。

思いがけない事態に、家臣たちは騒然としていた。

そのなかを、与三郎はよろめくように歩き、広間を後にした。

三

屋形を出た与三郎は、ぼんやりと考え込みながら自宅に向かった。

（いったいなぜ、このようなことになったのだ）

家に帰ると、裏庭に宇八がいるのが見えた。菜園を耕しているらしい。

宇八は三十二歳の小者で、与三郎が子供の頃から仕えてくれていた。父と母をすでに亡くした与三郎からすれば、宇八は唯一の家族のような存在だった。

「おお、若。お帰りになりましたか」

宇八は鍬《くわ》をふるっていた手をとめて、

「どこへ行かれていたのです？」

とたずねてきた。

「兄上に呼びだされていたのだ」

「ほほう。どのようなお話でございましたか？」

「あやうく切腹を命じられそうになった」

「えっ」

宇八はのけぞるように驚いて、

「そ、それは何かのご冗談でございますか？」

「冗談ならどれだけよかったか」

そう答えて、与三郎は縁側に腰を下ろす。

「いったいなぜそのようなことに……」

「ともかく、まずは水をくれぬか。喉がからからだ」

「はっ、ただいま」

宇八は慌てて土間へ入っていくと、柄杓《ひしゃく》に水をくんできた。

与三郎は柄杓を受けとって、ごくごくと喉を鳴らして水を飲み干す。

「それで、若。なにゆえ切腹を命じられることになったのですか」

宇八が青ざめた顔でたずねてくる。

「私が名主一家を皆殺しにした賊ではないかと疑われたのだ」

そう言って、与三郎はくわしい事情を説明してやった。

話を聞き終えた宇八は、今度は顔を真っ赤にして怒った。

「なんという馬鹿げたことを。御舎弟である若を疑うなど、殿はどうかしておられる！」

「まあ、落ち着け。いまさら怒ったところで仕方がない」

「それはそうですが……では、これからどうなさるおつもりで？」

「ともかく、三日のうちに本物の賊を捕らえるしかないだろう」

「もし、捕らえられなかったときは？」

（兄上は、今度こそ私を殺すだろう）

与三郎はそう思ったが、口には出さなかった。

言えば、宇八が逆上して何をするかわからない。

「ともかく、しばらくひとりにしてくれ。いろいろと思案したいのだ」

「分かりました。それがしは土間におりますから、何かあればお呼びくだされ」

宇八が去った後、与三郎はひどい疲れを感じた。縁側に寝転がろうとする。

ところが、そこでふと視線を感じた。

庭に目を向けると、垣根のすぐ外にふたりの武士が立っていた。先ほど、与三郎を家から引きずり出して光治のもとまで連行した者たちだ。

ふたりとも、半年ほど前に不破家に召し抱えられた新参者だった。やせぎすで背の高い方が谷岡伊介《たにおかいすけ》。色黒でがっちりした方が遠藤五郎兵衛《えんどうごろべえ》。どちらも二十四、五といった年に見える。

（こやつらが、私の見張り役というわけか）

ふたりは思いがけない大役に力み返っているらしく、じっと与三郎を睨みつけていた。

(まったく、見られているだけで肩が凝る)

与三郎は部屋に上がって障子を閉めた。

しばらくして、宇八が慌ただしくやってきた。

「若、若」

「どうしたのだ」

「若に、お客さまがいらしております」

「客?」

与三郎はすぐに土間に向かった。

すると、そこには竹中半兵衛の姿があった。

「あ、これは竹中さま」

「急にお邪魔をして申しわけありません」

半兵衛は、一城の主とは思えないような丁重さで挨拶してきた。

どう応対するか、与三郎は迷った。

いつものように阿呆のふりをするべきか、それとも、本当の自分をさらすべきなのか。

半兵衛は、そんな与三郎の迷いを察したように、

「できれば、よけいな手間をかけず、単刀直入にお話をしたいところなのですが」

と言った。

その澄んだ眼差《まなざ》しは、何もかも見抜いているように感じられた。

与三郎は腹を決めた。

（そもそも、竹中さまがいなければ、私はすでに死んでいたはずだ）

少なくとも半兵衛は敵ではない、と考えていいだろう。

「……分かりました。下手な芝居は止《や》めておきましょう」

与三郎は表情を引き締めて言った。

「助かります」

半兵衛は微笑してから、こんこん、と軽い咳《せき》をした。

半兵衛は決して丈夫な体ではない、という話は聞いていた。こうして間近で向かい合ってみると、その肌の白さは病的に感じられるほどだった。

「竹中さまは、私の置かれた立場について、どこまでご存じなのですか？」

「おおよそのことは承知しているつもりです。なぜ、あなたが愚かなふりをする必要があったのか、ということも」

「そうですか……」

そこで宇八がおずおずと、

「あのう、竹中さまをお部屋にご案内なされてはいかがでしょう」

と言った。

「ああ、そうでした。どうぞ、むさ苦しいところでございますが、お上がりくださ い」

与三郎は慌てて勧めたが、

「いえ、長居はできませんので、こちらで結構です」

と半兵衛は上がり口に腰を下ろした。

「それで、私に何かご用ですか？」

与三郎はあらためてたずねた。

「名主の屋敷で見つかった浮きのことで、ひとつ確かめたいことがありまして」

「浮き、ですか……」

「あれが与三郎どのが作ったものであるのは間違いないのですね？」

「はい」

「あの浮きを釣りの途中で無くしたというのも、確かですか？」

「いえ、そうであってもおかしくない、と思っただけですが」

「では、私の考えた解釈の方が正しいかもしれませんね」

「といいますと？」

「何者かが与三郎どのの家からあの浮きを盗み出し、屋敷へ置いてきたのではないかと思ったのです」

「あっ……」

(なぜそれに気づかなかったのだろう)

与三郎は慌てて立ち上がり、

「少し失礼いたします」

と断って、居室に向かった。

釣り具をおさめた棚から、浮きを入れた小箱を取りだす。

震える手でふたを開けた。

(……やはり竹中さまのおっしゃるとおりだ)

六つあるはずの浮きが、五つしかなかった。

つまり、今回の一件は、不運な偶然がつみかさなって起きたわけではなかった。何者かが与三郎を陥れるために仕組んだことだったのだ。

与三郎はやや呆然《ぼうぜん》としながら、半兵衛のもとへ戻った。

「どうでしたか?」

「やはり竹中さまのおっしゃるとおりでした」

「そうですか」

半兵衛は静かにうなずくと、

「こうなれば、与三郎どのが愚か者のふりをする意味もなくなったようですね」

と言った。

「……はい」

まさしく、半兵衛の言うとおりだった。

もはや、与三郎が阿呆であろうと、かまわず始末しようと企んでいる者がいるようだ。

「誰が与三郎どのの命を狙っているのか、心当たりはあるのですか？」

「あります」

与三郎はうなずいて、

「たとえば、お鶴《つる》の方さまです。私を亡き者にすれば、兄上の身に何かあったとき、不破家を継ぐのは弟の光孝《みつたか》ということになりますから」

先代の通直には四人の男子があった。しかし、次兄は幼い頃に亡くなったため、今の兄弟のならびは、光治、与三郎、光孝、ということになる。

そして、お鶴は光孝の母親だった。

「ほかにも、私の死を願っている者を数え上げれば、きりがありません」

光治ですら油断がならない、と与三郎は思っていた。

最近、光治には男子が生まれたばかりで、非常に可愛がっている。将来、我が子が不破家を継ぐときに与三郎が邪魔になるかもしれない、と考えたとしても不思議ではなかった。

「家督争いは武門の常ではありますが、与三郎どののお立場には同情いたします」

半兵衛はそう言って、

「しかし、与三郎どののお気持ちはどうなのです？　むざむざと殺されるくらいならば、いっそ不破家の当主の座を奪ってやろうとは思わないのですか？」

「そのような気はいっさいございません」

与三郎はきっぱりと言い切ってから、

「このようなことを言えば、生意気な、と思われるかもしれませんが、私からすれば不破家の当主の座などは、兄弟で殺し合うほどの価値があるとは思えないのです」

「ほう……」

「実は、私は近い将来、この城を出ようと考えておりました」

「出て、どうなさるおつもりだったのです？」

「広く天下を見て回り、仕えるべき主君をさがすつもりでした」

「なるほど」

半兵衛はにっこりと笑って、

「それこそ、与三郎どのにふさわしい道かもしれませぬな」

と言った。

「ですが、なかなかそのきっかけが見つからないうちに、このようなことになってしまいまして……これも、おのれの決断の遅さが招いたことかもしれません」

「まだ手遅れとはかぎりませんよ。濡《ぬ》れ衣《ぎぬ》を晴らし、陰謀の黒幕を討ちさえすれば、あなたは胸を張って我が道を進んでゆけるはずです」

「はい、確かに」

「何か私で力になれることがあれば、いつでも言ってください。できる限りのことをいたしましょう」

「ありがとうございます」

与三郎は心から感謝して頭をさげた。

「……しかし、竹中さまは、何ゆえそこまで私に肩入れしてくださるのですか？」

「さて、なぜでしょう」

半兵衛はいたずらっぽく微笑した。

が、すぐに表情を引き締めて、

「ともかく、このたびの一件は、ただ与三郎どのの命を狙うだけのものではないような気がいたします。何かもっと大きな企みの一部ではないか、と思えてなりません」

「もっと大きな企み……」

「その辺りのことも、心にとめておいていただけるでしょうか」

「は、心得ました」

与三郎がそう言うと、半兵衛は満足そうにうなずいた。

「それでは、私はこれで失礼します」

「今日はこちらへ泊まられるのですか？」

「いえ、このまま菩提山城まで戻るつもりです」

半兵衛は立ち上がって、出口に向かった。

与三郎も家を出て、半兵衛の姿が見えなくなるまで見送った。

(ともかく、竹中さまのおかげで、私のやるべきことが見えてきたようだ)

与三郎は気力が湧いてくるのを感じた。

今すぐにでも宮田村に向かい、調査を始めたいところだったが、もう日が暮れかけていた。

これから城を出ても、村に着く頃には真夜中になっているだろう。寝静まっている村人たちを叩《たた》き起こして回るわけにもいかない。

「宇八、どこだ！」

と呼ぶと、

「なんでございましょう」

とすぐに宇八がやってきた。

「明日の朝、夜が明ける前に城を出る。支度をしておいてくれ」

与三郎はそう頼んだ。

三章　宮田村での探索

一

翌朝、急いで朝食を済ませた与三郎は、まだ辺りが真っ暗なうちに城を出た。

しばらく歩くうちに、見張りのふたりが後を追ってくることに気づく。

（あの連中に、これからずっと付け回されるのか）

迷惑だったが、追い払うこともできない。

与三郎が最初に向かったのは、正照寺だった。

（御住職なら、この一件の黒幕が誰なのか、心当たりがあるかもしれない）

四半刻《しはんとき》（三十分）ほど歩くうちに、正照寺が見えてきた。

正照寺は小さな山の中腹に建てられている。ふもとの山門をくぐると長い石段が延びていた。

与三郎は軽く息をはずませながら、石段を駆け上がっていった。

石段を登りきると、もうひとつ山門がある。

そこから先が境内になっていて、立派な仏閣が建ちならんでいた。

正照寺は不破家の菩提寺であるため、日頃から多額の寄進をうけている。

ようやく空が白んできたばかりだったが、僧たちはすでに朝の勤行《ごんぎょう》をとりおこなっていた。本堂から盛んな読経の声が聞こえてくる。

円了も、もちろんそのなかにいるはずだ。

与三郎は本堂の階段に腰かけて、しばらく待った。

やがて、読経が終わった。

障子が開いて、小僧がひとり出てくる。

「もうし、御住職がいらしたら、与三郎がまいったと伝えてくれぬか」

そう声をかけると、小僧はぺこりと頭をさげて、本堂のなかに引き返していった。

円了はすぐに出てきた。

「このような早くに、どうしたのじゃ？」

「宮田村で大変なことが起きましてな。急ぎ、御住職にご相談したいことがございまして」

「ふむ、分かった」

円了は僧のひとりに何ごとか指示を出してから、

「では、庫裏《くり》（住居）の方でうかがおうか」

と廊下を進みはじめた。

庫裏にある円了の居室に入ると、ふたりは向かい合って座った。

「それで、大変なこととは、何じゃな？」

「実は、忠次郎が殺されたのです」

「なんと」

円了は驚きに目を見開いた。

与三郎は、事件のことをくわしく話した。

「……そうか、まさに大変なことになったのう」

円了は眉をひそめて言った。

「恐らく、何者かが私を陥れるために、忠次郎たちを殺害したのではないかと思われますが……」

「ふうむ」

「いったい誰がこのようなことを企てたのか、御住職に心当たりはございませんか？」

「そうじゃな……」

円了はしばらく考え込んでから、

「いくつか思い浮かぶ顔はある。じゃが、何か確かな証拠があるわけでもない。つまり、心当たりがないというのと同じことじゃな」

「そうですか……」

与三郎はがっかりした。

「黒幕が誰であるにせよ、まずは屋敷を襲った賊を捕らえてみてはどうかな。そうすれば、おのずと黒幕の正体も浮かびあがってこよう」

「ええ、そうかもしれません」

与三郎は気を取り直して、

「では、これから宮田村に行き、賊の手がかりがないか調べることにいたします」

「うむ、それがよい。わしのもとにも、忠次郎一家の葬儀を頼む使いがくるじゃろう。わしがじきじきに執りおこなうことにするから、また村の方で会おう」

「はい。それでは、これで失礼いたします」

与三郎は一礼して、部屋を出た。

境内まで戻ると、山門のところで見張りのふたりが待っていた。

「次はどちらへ行かれるのです？」

谷岡がたずねてくる。

「宮田村だ」

与三郎はそう答え、山門を出て石段を下っていった。

二

辺りがすっかり明るくなった頃、与三郎は宮田村に着いた。

村人たちはとっくに起き出していて、野良仕事にはげんでいる。

しばらく道を進むうちに、むこうから顔見知りの老人がやってきた。

「やあ、源内《げんない》」

与三郎は声をかけた。

「あっ、これは与三郎どの」

源内はさっと顔色を変えると、駆け寄ってきた。

「どうしたのだ?」

「一昨日《おととい》の夜、村でとんでもないことが起きましてな」

「忠次郎一家がみな殺しにされたのであろう」

「ご存じでしたか」

源内はそう言うと、辺りをきょろきょろと見回してから、

「ちょっと、こちらへ」

と与三郎の手をとって、近くの雑木林のなかへ連れ込んだ。

「何をこそこそしているのだ」

「……与三郎どの、悪いことはいわぬ、すぐにでも村を出た方がよろしいですぞ」

「なぜだ」

「おまえさまは、忠次郎たちを殺した賊として、城のお役人さまに目をつけられているようなのです」

源内はこわばった顔で言った。

「だが、私は……」

「もちろん、わしらはおまえさまを疑ったりはしておりませぬ。あのような残忍なまねのできるお人でないことは、百も承知じゃ。じゃが、お役人さまはそうは考えておらぬ。……ほら、あれをご覧なされ」

源内は木々の向こうを指さした。

そこには、与三郎を見失って、慌てて道を走っている谷岡と遠藤の姿があった。

「あれはきっと城の捕り手じゃ。与三郎どのがあらわれしだい、引っ捕らえようと待ち伏せていたに違いありませぬ」

「いや、あれは……」

どう説明したものか、少し迷ってから、

「私の知り合いの者でな、捕り手などではないから、安心してくれ」

「まことにございますか？」

「うむ」

与三郎はうなずいて、

「そなたが私の身を案じてくれるのはありがたい。だが、疑われたからといって、ずっと逃げ隠れしているわけにもいかぬ。むしろ、本物の賊を捕らえて、身の潔白を示した方がよい」

「はあ、確かにそのとおりかもしれませぬが……」

「迷惑だろうが、賊の手がかりを探す手助けをしてもらえないか？」

「迷惑だなどと、とんでもない。わしにできることなら、なんでもいたしまするぞ」

源内は意気込んだ様子で言った。

「ありがたい。それではまず、おきねという娘に会いたいのだが」

「おきねでございますか？」

「聞いたところでは、その娘が、忠次郎の屋敷の前で私を見たと言ったそうだな」

「よくご存じでございますな」

「もちろん、それは見間違いなのだが、いったいおきねはどのような人間を目にしたのか、くわしく聞きたいのだ」

それが本当に賊だったとしたら、大きな手がかりになるはずだ。

「分かりました。今の時分であれば、女衆は川で洗濯をしておりましょう。ご案内いたします」

源内は雑木林を出て、案内をはじめた。

その後に続きながら、ちらりと背後を振り返る。与三郎の姿を見つけた谷岡たちが、ほっとしたように足を緩めるのが見えた。

やがて川に着くと、ふたりは土手に上がった。

河原には洗濯をする女たちの姿がある。十人ほどだろうか、幼子をまとわりつかせた女房もいれば、若い娘もいた。

源内は小手をかざして女たちを見回してから、

「ああ、あそこにおるのが、おきねでございます」

と指さした。

それは、十四、五歳くらいの、手足のすらりとした美しい娘だった。

与三郎たちは土手を下りて、河原へ入っていった。

女たちは与三郎に気づくと、洗濯の手をとめて立ち上がった。

ほとんどは与三郎と顔見知りだ。しかし、いつものように笑顔で挨拶してくる者はいなかった。どこか不安そうな、ぼんやりした眼差しを向けてくる。

（私が賊ではないかと恐れているのだな）

与三郎は女たちの間を通りぬけて、きねの前に立った。

「そなたがおきねだな？」

そう声をかけても、きねは返事をしなかった。身をすくませ、おびえた目を与三郎に向けるだけだ。

「怖がらなくてもいい、そなたから少し話を聞きたいだけなのだ」

「………」

そのとき、いきなり背後でわめき声が上がった。

「やいやい、てめえ、女たちに何をするつもりだ！」

与三郎が驚いて振り返ると、男が土手を駆け下りてくるのが見えた。

男は河原を走って、与三郎たちのもとまでやってくる。

「てめえ、平田の旦那たちをみな殺しにしておいて、よくも平気で村に顔をだせたもんだな」

そうわめく男の顔には見覚えがあった。

（こいつ、確か弥五郎と言ったな）

忠次郎の子分たちのなかで、一番の兄貴分だった男だ。

「待て、忠次郎たちを殺したのは私ではない」

「へっ、白々しいことを言いやがって。だったら、旦那たちが殺された夜、おきねがてめえを見かけたのはどういうわけなんだ」

「そのことについて確かめるため、話を聞きにきたのだ」

「おっと、おきねに近づくんじゃねえ！」

男はきねを背にかばうようにして言った。

「弥五郎さん……」

きねは困惑した顔だった。

「これ、弥五郎。よけいなまねをするな！」

源内がしかりつけたが、

「うるせえ、じじい。てめえこそ引っ込んでろ」

と弥五郎は怒鳴り返してから、

「おめえたちも知ってるだろう。おこんのことで、こいつが平田の旦那と揉《も》めていたのを。きっと話し合いがこじれたあげくに、かっとなって刀を抜いて、旦那たちを殺したに違いねえ」

「いいかげんなことを言うな。私はおこんを実家まで連れ帰ってやっただけだ。それ以外は、何もかかわってはおらぬ」

与三郎はそう言い返したが、弥五郎はあざ笑って、

「いいかげんなことを言っているのは、どっちかな。おれが聞いたところじゃ、正照寺のくそ坊主が、旦那の目を盗んでおこんをさんざんもてあそんだそうじゃねえか。おめえもそこに一枚嚙《か》んでたんだろう」

と言った。

女たちが与三郎に向ける目が、冷ややかになった。

（……そうか、弥五郎め。日頃から、そんな作り話をあちこちで言い触らしていたのだな）

村人たちがすぐには信じなくても、噂が広がってしまえば、真に受ける人間も出てくるだろう。

女たちはおきねのまわりに集まり、与三郎からかばうように人垣を作った。

弥五郎はまわりが味方についたと見たのか、ますます調子づいてきた。

「おめえ、おきねがお役人に余計なことを言ったからって、仕返しにきたんだろう。だが、おれがいる限り、おきねには指一本ふれさせねえぜ」

（こいつめ……）

与三郎もさすがに腹が立った。

だが、ここで弥五郎と罵りあえば、ますます女たちの信用を落とすだけだろう。

ひとつ深呼吸をして気持ちを落ち着ける。

それから、きねに向かって、

「おきねよ、これだけは言っておく。私はあの夜、加茂にいたのだ。だから、そなたが私を目にしたというのは、あり得ないことだ。自分が本当は何を見たのか、もう一度よく思い返してみてくれぬか」

と呼びかけた。

きねはちらりと目を上げて与三郎を見たが、すぐにまたうつむいた。

「へっ、おきねはおめえなんかと話したくないとさ」

弥五郎が勝ちほこった顔で言う。

と、そのときだった。

集まっていた女房のひとりが、鋭い悲鳴をあげた。

「おしげさん！　彦《ひこ》ぼうが、彦ぼうが……！」

そう叫びながら、川のなかを指さす。

見ると、四、五歳くらいの子供が川に流されていた。

三

「彦ぼう！　彦ぼう！」

母親が狂乱したように川へ飛び込もうとした。

「だめだよ、おしげさん！」

まわりの女たちが慌てて抱きとめる。

「あそこまで流されちまったら、大人だって助からねえや」

弥五郎はすでに諦めた顔で言う。

「いや、いまならまだ間に合う」

与三郎は刀を鞘ぐるみ抜きとって、

「持っていてくれ」

と源内に渡した。

すばやく衣服を脱いで下帯ひとつになる。

川のなかへざぶざぶと入っていき、頭から水中へ飛び込んだ。

すでに子供はかなり下流まで流されている。必死で手足をばたつかせているが、長くは持たないだろう。

与三郎は川の流れに乗り、力強く水をかいた。

子供との距離はみるみる縮まっていく。

あと少し、腕を伸ばせば届くというところまできた。

ところが、そこで急に子供が水中に沈んだ。

（まずい）

与三郎もすぐに水に潜った。

川底にいくつもの大岩が飛び出しているのが見えた。それが水流にうねりを作って、子供を引きずり込んだのだ。

（これは、恐るべき難所だ）

下手をすれば自分自身までが溺れかねない。

だが、子供が川底でぐったりと漂っているのを目にして、与三郎はためらいを捨てた。

（よし、今行くからな）

ぐっと頭を川底に向けて、深く潜っていった。

懸命に水をかくうちに、どうにか子供のそばまでたどり着く。腕を伸ばして、子供の手をしっかりとつかんだ。

そこで水面を見上げると、絶望的な遠さに思えた。

だが、与三郎は己を励ましながら、必死に水を蹴った。

少し上っては引きずり込まれ、また上っては沈むのくり返しだ。

次第に息が苦しくなってきた。手足も疲れで棒のようになってくる。

しかし、ようやく水面が近づいてきた。

与三郎は最後の力をふりしぼり、がむしゃらに水を蹴った。

もう息がもたず、目の前が暗くなりかけたところで、与三郎の顔が水面に飛び出た。

貪るように空気を吸い込む。

どうにか息が整ってくると、与三郎は岸に向かって泳ぎ出した。

しばらくして、川底に足がついた。

子供を抱え上げて、岸へ歩いていく。

浅瀬まで来たところで、女たちが駆け寄ってきた。

与三郎は母親に子供を渡した。

「彦ぼう！」

母親は子供をきつく抱きしめる。

与三郎はよろよろと河原に上がると、大きな石に手をついた。たっぷり飲んでしまった水を吐きだす。

できれば、このまま横になって休みたいところだったが、

「彦ぼう、目を開けて！」

という悲痛な声が聞こえた。

振り返ると、砂地に子供が寝かされて、そのうえに母親が覆いかぶさっているのが見えた。母親が必死に呼びかけても、子供はぴくりとも動かない。

与三郎は気力をふりしぼって、子供のところへ行った。

「さがっていてくれ」

母親を押しのけて、子供を抱き上げた。

膝を立てて座り、そのうえに子供の腹を押しあてる。

何度か背中を叩くうちに、子供はげえっと声を上げた。大量の水を吐きだす。

水を吐きつくすと、子供の体に少し力が戻った。

「済まぬが、火をおこしてくれないか。子供の体をあたためるのだ」

まわりにそう呼びかけながら、子供を母親に返した。

「ほれ、聞いたじゃろう。河原にある枯れ木を集めるんじゃ」

源内が指示して、女たちが一斉に動いた。

与三郎が石に座ってぐったりしていると、谷岡と遠藤がやってきた。

「何を血迷って、あのような無謀な真似をされたのです。危うく、あなたさまが命を落とすところでしたぞ」

谷岡が冷ややかに言った。

相手にするのも面倒だったが、与三郎はのろのろと顔を上げた。

「私には水練の心得があるし、この川にも慣れている。決して無謀な真似をしたわけではない」

「たとえそうだったとしても、あのような百姓の子供ひとりのために、身を危険にさらすなどとは、愚かしいと思いませぬか」

「……谷岡」

「なんでございましょう」

「そなた、よりよい武士になりたいと心がけているか？」

「それは、もちろんにございます」

「では、まずは領民を愛する気持ちをもたなければならぬ。たやすく見捨てて良い命など、ひとつもないはずだ」

「………」

谷岡はむっと黙り込んだ。

（……余計なことを言ったな）

与三郎はすぐに後悔した。阿呆の与三郎には似合わない言葉だ。

だが、いまさら取りつくろうような元気もなかった。

そこへ、女のひとりがやってきた。

「さあ、火をおこしましたので、お侍さまも体をあたためてください」

「そうか、では当たらせてもらおう」

与三郎は立ち上がって、焚《た》き火に向かった。

焚き火で体をあたため、乾いた衣服を身につけたところで、溺れた子供の母親が近づいてきた。

「先ほどは、せがれを助けてくださってありがとうございました」

深々と頭を下げて礼を言う。

「子供の様子はどうだ?」

「それが、お陰さまですっかり元気になりました。もうその辺りを駆け回っているほどです」

「それはよかった」

与三郎はほっとした。

「本当に、なんとお礼を申し上げてよいやら……」

母親の目には、感謝の気持ちがあふれていた。

しばらくして、今度はきねがやってくるのが見えた。

何か意を決したような雰囲気が感じられる。大事な話があるようだ。

が、そこでまた邪魔が入った。

「おい、おきね、どうするつもりだ。あいつには近づくなと言っただろう」

弥五郎がきねの腕をつかんで言った。

(こいつめ、いいかげんにしろ)

もう我慢も限界だった。

こうなれば、叩きのめして追い払ってやろうと、立ち上がる。

だが、その前に、

「あんた、その手を離しな」

と弥五郎へ声をかけた者がいた。女房たちのなかで、一番大柄な女だ。

「なんだと？」

弥五郎は睨みつけたが、女はひるむ様子もなく、

「あんただって見ただろう。あのお侍さんは命がけで彦ぼうを助けてくれたんだ。そんな人が、一家を皆殺しにするような真似をするはずがねえ」

「馬鹿、そんなことで騙《だま》されるな」

「そんなこととはなんだい」

別の女房が腹を立てたように言って、

「あんたなんか、ぼんやり突っ立ってただけじゃないか。あのお侍さんとどっちが信用できるか、ちっと考えれば誰にだって分かることだよ」

と睨みつける。

「なにを……」

弥五郎は怒りに顔をゆがめた。

しかし、今となっては孤立しているのは自分の方だと気づいたようだ。きねは、弥五郎から逃げるように女たちの後ろに回った。

「……ちっ、どうなっても知らねえからな」

弥五郎は吐き捨てるように言って、肩をそびやかしながら去っていった。その姿が土手のむこうに消えると、女たちがほっと息をついた。

きねがあらためて与三郎のもとへやってきた。

「あの……先ほどおっしゃったことなのですが……」

「うむ。何か思い出してくれたか？」

「実を申しますと、あの夜、旦那さまの屋敷の前に怪しい人がいるのを見たのは本当ですが、暗くて姿まではよく見えなかったのです」

「では、なぜ、『村へよく釣りにくる侍だった』と役人に申し立てたのだ？」

「それは、わたしから言い出したことではありません。お役人さまの方から、『きっとそれは村へ釣りにきている侍だったに違いない』と言われたんです。ですから、わたしも、てっきりそのとおりなのだと思いまして」

「そうだったか……」

与三郎は宙を睨んだ。

（役人のなかにも、黒幕の手先がいたようだな）

やはり、すべては与三郎を陥れるための策略だったのだ。

「お侍さま、おきねちゃんに悪気はなかったんでございますよ」

女房のひとりが慌ててかばうように言うと、ほかのひとりも、

「わたくしらなど、お役人さまを前にすると、恐ろしくて何も言い返せませんもので」

と言葉をそえる。

「うむ、よく分かっている。おきねを責めるつもりはないから、安心してくれ」

与三郎は表情をやわらげて言った。

それを聞き、女たちもほっとした顔になる。

「さすが、話の分かるお方だよ」

「こんな立派なひとを疑うなんて、どうかしてたね」

女たちは口々に言った。

疑いがとけたのはありがたいが、これではなかなか話が進まない。

与三郎は女たちが静かになるのを辛抱づよく待ってから、

「あらためて聞くが、そなたが見た怪しい人間について、何か覚えていることはないか？」

ときねにたずねた。

「……いえ、先ほども申しましたとおり、よく見えなかったもので」

「男はひとりきりだったのか？　他に仲間はいなかったか？」

「ひとりだけだったと思います」

「そうか……」

その点は、与三郎にとってどうにも納得できない話だった。

(刺客《しかく》を送りこむのに、たったひとりだけというはずはないが……)

「あの、わたしは嘘は言っておりません」

きねが懸命な顔で言った。

「もちろん、そなたの言葉を疑っているわけではないとも」

与三郎はそう言って、きねを安心させた。

(さて、次はどうしたものか……)

しばらく思案してから、源内を見る。

「忠次郎たちの死体はどこにある？」

「はい、屋敷の離れに運び込んでおります」

「案内してくれるか？」

「かしこまりました」

与三郎は女たちに別れを告げて、河原を後にした。

四

忠次郎の屋敷に着くと、家中の戸が開け放たれていた。

先夜の惨劇を思わせるような痕跡はどこにも見当たらない。

庭に面した部屋に、村の老人たちが何人か上がり込んで、留守番をしていた。

「おうい、与三郎どのが死体を見たいそうなのだが、かまわぬじゃろうな？」

源内がそう呼びかけると、

「それはべつにかまわんじゃろうが……」

とひとりが答えた。

「では、こちらへどうぞ」

源内が離れへ案内してくれた。

離れは八帖《じょう》ほどの部屋がひとつあるだけの小さな建物だった。

小屋の戸を開けると、途端に死臭が漂い出てくる。

涼しい季節になったとはいえ、二晩たって死体は腐りはじめているようだ。

「死体は、忠次郎のほかに誰のものがある？」

「老母のおみつ、長女のおよし、長男の市太郎《いちたろう》、それに下女のおくまでございます」

「ぜんぶで五つだな」

与三郎は手拭いを取り出して口元を覆い、建物に入っていった。

部屋のなかはすっかり片付けられ、五つの死体だけが並べられていた。どの死体にも新しい筵《むしろ》がかぶせられている。

与三郎は筵をめくりながら、死体を調べていった。

忠次郎は凄まじい形相をしていた。肩を深々と斬られたほか、背中には刺し傷がある。

およし、おくまは、逃げるところを襲われたように、背中を斬られていた。

老母のおみつと、幼児の市太郎は、それぞれ心《しん》ノ臓《ぞう》の辺りを刺されている。

(かわいそうに)

忠次郎への同情はなかったが、他の家族の死体を見ていると胸が痛んだ。

死体をひととおり調べ終えると、元どおりに筵をかける。

(それにしても、やはり賊はひとりだったとは思えぬが……)

ひとりだけでは、こうも手際よく一家を皆殺しにできないだろう。

少なくとも、およしかおくまは逃げられたのではないだろうか。

一昨日の夜、屋敷で一体なにが起きたのか。むしろ謎は深まった気がした。

そのとき、ふと、床に何か落ちていることに気づいた。

（なんだ……？）

拾い上げてみると、それは折りたたんだ紙片だった。

どうやら忠次郎の死体から転がり落ちたようだ。

紙片を開くと、なかには文字がつづられていた。すべてかな文字だ。

字が下手なうえに、ところどころ血が染みているため、かなり読み辛《づら》い。

それでも、根気よく文字を追っているうちに、与三郎ははっとなった。

（まさか、これは……）

与三郎は急いで建物を出た。

「何か、お分かりになりましたか？」

源内がたずねてくる。

「これを見てくれ」

与三郎は紙片を源内に渡した。

「……はて、これはなんでございますか？」

源内は首をかしげる。

「分からぬ。だが、このたびの一件と何か関係がありそうだ」

手紙にはこのようなことが書かれてある。

『ひさしぶりにおまえとはなしがしたい　十八にちのよる　むらのひがしのやまにあ

るやしろでまつ
牛介《ぎゅうすけ》』

文面を見れば、牛介という者が忠次郎を呼びだすための手紙のようだ。

十八日の夜というと、忠次郎が殺された前日だった。

「この牛介という名に心当たりはないか？」

「さあ、私は初めて聞く名前でございますが」

「他の者たちにも確かめてもらえぬか？」

「ようございますとも」

母屋に戻ると、源内は老人たちを呼び集めた。

「誰か、牛介という者に心当たりはないか？」

源内がそう問いかけても、老人たちはみな首をひねるばかりだった。

「どうやら、誰も知らぬようでございますな」

「では、この牛介という者は、村の人間ではないということだな？」

「そのようですな」

「ふむ……」

「次はどうなさります？」

源内に聞かれて、与三郎はしばらく考えてから、

「……忠次郎の親族なら、何か知っているかもしれない。誰か話を聞けそうな者はおらぬか？」

「それでしたら、忠次郎の甥《おい》の平太郎《へいたろう》という者がおりますよ。小野《おの》村に住んでいるのですが、昨日、使いの者をやりましたので、今日の午後にはこちらに着くかと思います」

「そうか。では、そのときに話を聞いてみることにしよう」

与三郎は平太郎が現れるのを待つことにした。

夕方近くになって、円了の方が先に村へ到着した。

正照寺の住職がじきじきに葬儀を執りおこなうと聞いて、多くの村人たちが屋敷へ集まってくる。

与三郎は円了を迎えると、屋敷の一室へ案内した。

「それで、調べの方は進んだかの？」

円了がさっそくたずねてくる。

「このようなものを発見いたしました」

与三郎は先ほど見つけた紙片を円了に手渡した。

「ほう……この牛介というのは、何者じゃな？」

「それをいま調べているところでして」

ふたりが声をひそめて相談しているうちに、

「お取り込みのところ、失礼します」

と源内がやってきた。

「どうした?」

与三郎がたずねると、源内は、

「忠次郎の甥の平太郎が、たったいま到着いたしました」

「そうか。では、ひと休みした後、この部屋に来るように言ってくれぬか」

「分かりました」

源内はぺこりと頭をさげて、戻っていった。

しばらく待つうちに、ひとりの若者がやってきた。

「おらをお呼びだそうで」

平太郎は、忠次郎とは似ても似つかない、小柄で気弱そうな若者だった。

「よく来てくれた。ささ、座ってくれ」

与三郎が席を勧めると、平太郎はおそるおそる部屋に入ってきて、腰を下ろした。

「このたびはまったく災難であったな。心より気の毒に思うぞ」

まず、円了が悔やみを言った。

「はあ、みなさま方にはお手数をかけて申しわけねえことですだ」

平太郎は身を縮めるようにして、しどろもどろに応じた。

平太郎は忠次郎の妹の子供だそうだ。その妹は、小野村の下人の家に嫁いだが、すでに亡くなっているという。今後、平太郎は忠次郎の遺産を受け継ぐことになるはずだ。

「ところで、ひとつ聞きたいことがあるのだ」

与三郎はそう切り出した。

「へえ、なんでございましょう」

「忠次郎の知り合いに、牛介という者はいなかったか？」

「ぎゅう、すけ……？」

平太郎は不思議そうに言う。

「聞いたことはないか？」

「へい、初めて聞く名前ですだ」

「そうか……」

あてが外れて、与三郎はがっかりした。

「あの、ほかにも何か……？」

平太郎が不安そうにたずねてくる。

「いや、私からの話というのはそれだけだ。忙しいところを悪かったな」

「それでは、失礼しますだ」

平太郎はぺこぺこと頭をさげて、部屋を出ていった。

ふたりきりになると、円了がため息をついた。

「牛介の正体は分からなかったのう」

「はい……」

村の者も親族も知らない牛介とは、いったい何者なのだろう。

「さて、どうしたものか」

円了が難しい顔で腕組みをしたとき、

「失礼いたします。御住職さまはいらっしゃいますでしょうか」

と廊下から声がかけられた。

「どうしたのじゃ？」

「そろそろ葬儀のお支度をお願いいたしたいのですが……」

「うむ、分かった」

円了はそう答えてから、

「済まぬが、わしはそろそろ行かねばならぬ」

「はい。私はもう少し牛介について調べてみることにします」

円了が出ていった後、与三郎はひとりで思案を続けた。

すでに夕日が障子を赤く染めている。

しばらくして、与三郎は大きな溜め息を吐いた。気分を変えるために、外の空気を吸うことにする。

縁側に出て、遠くの山々をぼんやり眺めるうちに、ふと、

（そういえば、手紙に書かれていた『ひがしのやまにあるやしろ』とはどこにあるのだろう）

と思った。

もしそこで忠次郎と牛介が会っていたなら、何か手がかりが残っているかもしれない。

（よし、念のため、調べに行ってみるか）

与三郎は社の場所を聞くために、急いで源内を探すことにした。

屋敷のなかは葬儀の客でごった返していた。

あちこちをのぞいて回っても、なかなか源内は見つからない。

庭へ下りてみると、やっと源内が見つかった。庭のすみの方で、他の老人たちとごみを焼いているようだった。

「源内、少し聞きたいことがあるのだが」

「はあ、なんでございましょう」

「先ほどの手紙にあった、東の山にある社のことを知っているか？」

「それでしたら、きっと白髭《しらひげ》神社のことでございましょう」

「そこへ行ってみたいのだが、案内してくれないか」

「今からでございますか？　間もなく日が暮れますし、葬儀もはじまりますぞ」

「迷惑なのは承知しているが、急いでいるのだ」

「さようですか……しかし、わしら年寄りの足では時がかかりすぎますし、誰に案内をさせたものやら……」

源内が思案していると、

「それなら、わたしがまいります」

という声がした。

振り返ると、そこにいたのはきねだった。葬儀の手伝いをしているのか、食器をならべた盆を持っている。

「おお、おきねか。そうじゃな、おまえならばよいじゃろう。さっそく支度をしてまいれ」

「はい」

きねは元気に返事をして、小走りに去っていった。

「あの娘で大丈夫なのか？」

与三郎がたずねると、

「小さな頃から山遊びをしておりますし、今でもよく山菜取りにいっておりますから、心配はございませんよ」

と源内は答えた。

しばらく待つうちに、きねが戻ってきた。

「では、ご案内します」

「忙しいところ、無理をいって済まないな」

「いえ、いいんです」

きねは急いで首をふった。

ふたりは屋敷を出ると、東の山に向かって急いだ。

五

登山口は、村のはずれの小さな地蔵堂のわきにあった。ほとんど草に埋もれているような小道だ。かなり急な坂になっていて、場所によっては、手を使って這《は》い登らなければならなかった。

きねは慣れた様子ですいすいと道を登っていった。

与三郎は懸命にその後を追う。

しばらく登るうち、辺りが暗くなってきた。やはり山は日暮れが早いようだ。

「社はまだ遠いのか？」

与三郎がたずねると、きねは振り返って、

「はい、尾根まで出なければなりませんので」

と答えた。

「日暮れまでに間に合うかな？」

「なんとか大丈夫だと思います」

きねの返事が頼もしく感じられた。

それからまた道を登っていくうち、岩場に差しかかった。

岩をノミで割ったような平らな面が、ずっと上の方まで続いている。うっかり足を滑らせれば、崖の下まで転落しそうだ。

ただ、岩のあちこちに溝がきざまれていて、そこへ手や足をかけていけば、登っていくのはそう難しくなさそうだ。

岩場を登りはじめてすぐに、与三郎は妙なことに気づいた。

前を行くきねが、やけに歩き辛そうにしているのだ。

「どうした、怪我でもしたのか？」

そう問いかけても、

「いえ、何でもございません」

ときねは言うだけだ。

いぶかしく思っているうちに、やがて原因が分かった。

きねは、着物の裾が乱れてしまうのを気にしているらしい。

ひとりきりで山を登るなら、どれだけ大股を広げようと、人目を気にすることはない。しかし、いまはすぐ後ろに与三郎がつづいていた。はしたない姿をさらしたくない、と思うのは、年頃の娘として当然だろう。

余計なことを気にしていては、思わぬ事故を招くかもしれない。

（きねだけ、先に行かせようか）

そんなことを思っているうちに、

「あっ」

ときねが声を上げた。

足を滑らせたきねが、岩の上を転がり落ちていく。

与三郎はとっさに腕を伸ばした。

きねの襟首をつかむ。

だが、その勢いと重みで与三郎も姿勢をくずした。

ふたりそろって崖下へ転落しそうになる。

しかし、与三郎はぎりぎりのところで踏みとどまった。

きねの体は岩のふちでどうにか止まった。

「……大丈夫か？」

与三郎は声をかけた。

きねは青ざめた顔で、与三郎を見返した。恐怖でまだ声が出ないようだ。

「よし、引き上げるぞ」

与三郎はゆっくりときねの着物を引っぱって、安全な場所まで引き上げた。

「……ありがとうございました」

きねは震える声で言った。

「どうだ、この岩場を登りきれるか？」

「はい、大丈夫です」

きねはうなずき、慎重に岩場を登っていった。

与三郎もその後に続く。

やがて、どうにか無事に岩場を登りきった。

与三郎はほっとして大きく息をついた。全身にびっしょり冷や汗をかいている。

きねは力が抜けたように地面に座り込んでいた。

「怪我はないか？」

「それが……」

きねは顔をゆがめながら、右足を伸ばした。

ふくらはぎの辺りが、ざっくりと切れている。

「む、これはいかんな。すぐに傷口を洗わなければ、後で膿《う》むかもしれん。この辺りに川はないか？」

「それでしたら、もう少し登っていった先に湧き水がございます」

「よし、そこまで行こう」

「はい」

きねは立ち上がったが、一歩進んだだけで、痛みにうめき声をもらした。

「自分で歩くのは無理なようだな」

「申しわけございません……」

与三郎はどうしたものか少し考えてから、

「では、私がそなたを背負ってやろう」

「そんな、もったいのうございます」

「気にするな、大した背中ではない」

与三郎は背を向けて、しゃがみ込んだ。

きねはしばらくためらっていたが、やがて、思いきったようにおぶさってきた。

立ち上がってみると、きねの体は軽く、歩くのに問題はなかった。

ただ、急な坂道なので、どうしても腰の刀が邪魔になる。

少し迷ったが、両刀を腰から抜き取って、近くの木の根本に置いていくことにした。

「それでは、行こう」

与三郎は山道を登りはじめた。

背中のきぬに案内してもらって道を進むうちに、せせらぎの音が聞こえてきた。

さらに進んでいくと、岩から水が湧いている場所に辿《たど》り着く。

与三郎はきぬを岩の横に下ろした。

「私が傷口を洗ってやろう。痛むが、我慢するのだぞ」

「は、はい」

与三郎は湧き水を手ですくい、傷口についた泥や砂を丹念に洗い流した。

きねが痛みでうめいたが、与三郎はかまわず洗い続ける。

傷口が十分にきれいになると、手拭いを取り出して、ふくらはぎをきつく縛った。

「よく我慢したな。これで傷が膿むこともないだろう」

「ありがとうございます」

きねはほっとしたように言った。

「ここから社まで、まだまだ遠いのか？」

「いえ、その道をもう少し登っていけば、尾根に出られます。そこからはもう社が見えるはずです」

「分かった。それでは、私はひとりで社を見てくる。そなたはここで待っていてくれ」

「はい」

与三郎はまず刀を取りに戻ることにした。

先ほど通った山道を慎重にくだっていく。

ところが、岩場まで戻っても、刀は見つからなかった。

（妙だな）

見落としたのかと思い、また道を引き返す。

だが、やはり刀はどこにもなかった。

（……まさか、盗まれたのか？）

しかし、こんな山のなかを誰が通るというのだろう。

与三郎はそう考えてから、ぞっとした。

（もしや、あのふたり……）

谷岡と遠藤の顔が頭にうかんだ。

そういえば、きねと一緒に屋敷を出たとき、あのふたりもついてきていたはずだ。岩場での一件もあり、すっかり忘れていたが、やつらなら与三郎の刀を見つけて持ち去ることもできただろう。

刀を盗まれただけなら、まだいい。

(もし、やつらが、隙を見て私を殺すように命じられていたとしたら)

今こそ、その絶好の機会に違いない。

与三郎はとっさに道を外れて、木々のなかへ飛び込んだ。

地面に伏せて、辺りの様子をうかがう。

すでに夕闇が濃くなってきている。

耳を澄ましても、聞こえてくるのは鳥の鳴き声や、虫の音ばかりだった。

しかし、うかつに出ていくわけにはいかない。

このまま夜になるのを待ち、闇にまぎれて山を下りるのが一番安全だろう。

(……だが、おきねはどうなる)

もちろん、谷岡たちの目標は与三郎ただひとりだ。

だが、きねに襲撃を目撃されるのを恐れて、事前に始末しておこうと考えてもおかしくはなかった。

与三郎はしばらく迷ってから、思いきって草むらから飛び出した。

山道を駆け上がり、きぬのもとに向かう。

湧き水のところまで戻ると、きねは先ほどと同じように座っていた。

「与三郎さま、どうなさったのです？」

きねは驚いたように言った。

「ここにいては危険だ。どこかへ身を隠そう」

「はあ、ですが……」

「わけは後で説明する。さあ、背中に乗ってくれ」

与三郎は背を向けてしゃがんだ。

きねは戸惑った様子のまま、おぶさってくる。

そのときだった。

向こうから何者かが走ってくる音がした。

木々の向こうに、ちらりと人影が見える。

（来たか）

与三郎は急いで逃げだした。

道のない斜面を懸命に登っていく。

だが、きねを背負っていては、満足に走ることもできなかった。

「与三郎さま、わたしを下ろしてください」

事情を察したのか、きねが声を上げた。

「駄目だ。やつらはおまえも殺すつもりなのだぞ」

「分かっております。覚悟の上です」

「それでも駄目だ」

与三郎は力を振り絞って、斜面を登り続けた。

敵がどんどん迫ってくるのが分かる。

ちらりと振り返ると、ふたつの黒い影がすぐそこまで来ていた。

斜面を登りきり、尾根道まで出たところで、体力の限界が来た。

もはや敵から逃れることはできそうにない。

与三郎はきねを地面に下ろした。

「おきね、おまえはひとりで逃げろ」

「そんな、与三郎さまを置いてはいけません」

「ふたり一緒に殺されても仕方がない。おまえだけでも逃げてくれ」

きねは足を怪我しているが、山の地形は知りつくしている。ここで与三郎が少しでも敵を足止めできれば、逃げきれるかもしれない。

だが、そこで敵が尾根道に姿をあらわした。

ふたりとも黒い覆面をしていて、目に殺意がみなぎっている。
与三郎はきねを背にかばった。
じりじりと後ろへ下がる。
敵がさっと刀を抜きはなった。
そのとき、背後で思いがけない声が上がった。
「与三郎さま、どうなさったのです⁉」
振り返ると、そこにいたのは谷岡と遠藤だった。
(刺客は、このふたりではなかったのか)
与三郎は驚くと同時に、
「谷岡、刀を貸せ！」
と叫んだ。
「刀でございますか？」
谷岡は慌てふためきながら、刀を鞘ごと抜き取った。
その間に、敵が無言で駆け寄ってくる。
谷岡が刀を放った。
与三郎は宙でつかむと、刀を抜いた。
振り向くと同時に、敵のひとりが斬りかかってきた。一撃必殺の凄まじい斬撃だ。

辛《かろ》うじて刀で受け止めた。刃ががっきと噛み合い火花が散る。
続けて、もうひとりが斬りかかってくる。
与三郎は後ろに跳んで、ぎりぎりでかわした。
間髪入れず、最初のひとりが大上段から斬り下ろしてくる。
退く、と見せかけて、与三郎は思いきって敵の懐に飛び込んだ。肩で体当たりする。
敵が後ろによろめき、仲間が慌てて横によけた。
その隙に、与三郎は渾身《こんしん》の突きをくりだした。
刃《やいば》の先が、よろめいた敵の喉に突き立った。
「ぐふっ!」
仲間が倒れるのにもかまわず、もうひとりが斬りかかってくる。
与三郎は刀を横に払い、敵の攻撃を受け流した。
敵は急いでかまえ直そうとしたが、小手に隙が生まれる。
与三郎の刃がすばやく走り、敵の左腕を切り飛ばした。
「むっ……」
敵は片腕になってもなお、斬りつけてきた。
与三郎は余裕をもってかわし、とどめの一撃を放った。
敵は首の付け根を深々と割られて、地面に崩れ落ちた。

ふたりを仕留めたところで、与三郎も力を使い果たした。がくりと地面に膝をつく。

「与三郎さま！」

きねが足を引きずりながら駆け寄ってくる。

「……大丈夫だ。少し疲れただけのことだ」

与三郎はぜいぜいと荒い息をしながら言った。

谷岡と遠藤も駆け寄ってきた。

「与三郎さま、これはどういうことなのです？」

「……その二人の顔をあらためてくれ」

「はあ」

ふたりは言われるまま、死体に近づいて覆面をはがした。

「どうだ、知っている顔か？」

「いえ、初めて見る顔です」

「そうか……」

与三郎はどうにか立ち上がった。

（さすがに、不破家の家臣を刺客にはしなかったか）

そこで、まだ刀を抜き身のまま持っていたことに気づき、

「済まぬ、助かったぞ」

と谷岡に返した。

「いえ、お役に立てまして、何よりでございます」

谷岡はかしこまって言うと、刀を布で拭って鞘へおさめてから、

「しかし、与三郎さまは刺客に襲われる心当たりがおありなのですか？」

とたずねてくる。

「名主殺しの濡れ衣を着せられたのと同じことだ。誰かが私を始末しようとしているらしい」

「………」

谷岡は戸惑いながら遠藤と顔を見合わせた。

「さあ、話は後にしてくれ。私にはまだすることがある」

「どうなさるのです？」

「日が暮れる前に、あそこの社を調べるのだ。何か賊についての手がかりが見つかるかもしれぬのでな」

与三郎はそう言って、懐から牛介の手紙を取り出して、谷岡たちに見せた。

「これは……」

「忠次郎の死体を調べたときに見つけたものだ」

「では、この牛介という者が賊なので？」

「いや、そうと決まったわけではない。だが、このたびの一件と何か関係があるかもしれないのでな」

「なるほど……」

谷岡は少しためらってから、

「もしよろしければ、我らも社を調べるお手伝いいたしましょうか」

「おぬしたちが？」

与三郎はふたりの顔を見回した。

どういうつもりなのか分からないが、少なくともこのふたりが与三郎の敵でないのは確かだ。

「……では、頼む」

「は、お任せくだされ」

ふたりは嬉《うれ》しそうな顔でうなずいた。

与三郎はふたたびきねを背負って、尾根道を進んだ。

やがて、白髭神社に着いた。

社は思っていたよりも大きく、造りも重厚だった。しかし、今では参拝する者もほとんどいないのか、傷みが目立っていかにもうらぶれていた。

「社のなかには何かあるのか？」

与三郎はきねにたずねた。

「わたしは見たことはありませんが、村の婆《ばば》さまたちの話では、からっぽになっているそうです」

「ふむ」

与三郎はきねを背中から下ろし、社の階段を上がっていった。

社の扉には閂《かんぬき》がかけられていた。だが、錠などはついておらず、簡単に外すことができた。

そっと扉を開けて、内部をのぞいてみる。

建物には窓もなく暗かったが、後ろから差し込む西日が床を照らしてくれた。

与三郎は腰をかがめて、じっと床を見回す。

「何かございますか？」

背後から谷岡がたずねてきた。

「……うむ、あったぞ」

与三郎の声は弾んだ。

厚く埃《ほこり》のつもった床に、はっきりと足跡が残っている。

「やはり、忠次郎はここで牛介に会っていたようだ」

となれば、やはり牛介は忠次郎殺しに関わっていたようだ。もしかしたら、屋敷を襲った賊の一味であるかもしれない。

奥の方には、土器の皿、わらじ、筵などが床に転がっていた。牛介が残していったものに違いない。

与三郎は奥まで入っていくと、それらの品をすべて拾い集めた。

（牛介の正体をつかむ手がかりになればよいのだが……）

外に出て階段を下り、地面に品物を並べる。

丹念にひとつひとつを調べていったが、どれもありきたりな品ばかりだった。

「いかがですか？」

谷岡が横からのぞき込んでくる。

「……これでは何も分からぬようだな」

与三郎は落胆しながら答えた。

だが、ここまできて、あっさり諦めるわけにはいかない。

「社のまわりも調べてみよう」

「はっ」

与三郎は谷岡たちと手分けして、社の周辺を調べはじめた。

もう空は暗くなって、星が瞬きはじめている。

しばらくして、与三郎は社の前まで引き返した。少し遅れて谷岡も戻ってくる。

「私の方は何も見つからなかった。そちらはどうであった？」

「申しわけございません。何もありませんでした」

谷岡は悔しそうに言う。

「ところで、遠藤はどこへ行ったのだ？」

「そういえば、姿が見えませぬな」

谷岡はきょろきょろと辺りを見回す。

「あの……」

社の階段に座っていたきねが、遠慮がちに声を上げて、

「もうひとりのお侍さまなら、この下に潜っていかれました」

「社の下に？」

与三郎はのぞき込んでみたが、暗くてよく見えない。

しゃがんで待つうちに、ぬっと遠藤が姿をあらわした。蜘蛛の巣と埃にまみれている。

「何か見つかったのか？」

与三郎がたずねると、遠藤はうなずいて、床下から這い出てきた。

遠藤が差し出してきたのは、薄汚れた竹筒だった。

与三郎は竹筒を受けとって、じっと見つめた。

谷岡ときねも横からのぞき込んでくる。

竹筒は水筒として使えるように加工されていた。一見するとごくありふれた品だが、一カ所だけ珍しい特徴があった。

「……これは、牛介の正体を突きとめる手がかりになるかもしれぬな」

与三郎は声を弾ませて言った。

四章　竹ヶ鼻城下

一

その夜、与三郎は忠次郎の屋敷に泊まった。

翌朝、まだ夜も明けきらないうちに、村を出立することにする。

与三郎は顔を洗った後、身支度をした。

盗まれた刀は、昨日のうちに取り戻してあった。山を下りる途中で、崖の下に放り捨てられているのを見つけたのだ。鞘や柄は傷んでいたが、刀身にゆがみなどはなかった。

ただ、脇差しだけはどこを探しても見つからず、諦めるしかなかった。

与三郎が包みに荷物を詰めていると、円了がやってきた。

「これは御住職、おはようございます」

「もう出立するのかな？」

「はい。のんびりはしておられませんので」

「では、わしも一緒に寺へ戻るとするか。すぐに支度をするから、待っていてくれ」

「分かりました」

円了は廊下を引き返そうとしたが、ふと思いついたように立ち止まり、

「そういえば、昨夜のことじゃがな、あのふたりがわしの部屋にやってきたぞ」

「あのふたり？」

「与三郎どのの見張りじゃよ」

「ああ、谷岡と遠藤のことでございますか」

「いったい御住職に何の用があったのです？」

意外な話だった。

「与三郎どのが何者なのか分からなくなったと、相談にきたのじゃよ」

円了はにやりと笑って言った。

「と、いいますと……」

「あのふたり、城では新参者だそうだな」

「はい。召し抱えられて、まだ半年ほどです」

「これまで、与三郎どのの噂は色々と聞いておったらしいが、どれもひどい悪口ばか

りだったそうじゃ」

「そうでしょうな」

「だが、今回、与三郎どのに付いて回ってみると、愚かなどとはとんでもない、民をいたわる心といい、見事な剣の腕といい、まことに立派な人物だと思ったそうでな」

「それは、ずいぶんと褒められたものですな」

与三郎は苦笑した。

「ともかく、ふたりはあまりの違いに戸惑って、どちらが本当の与三郎どのなのかと、わしに確かめにきたというわけじゃ」

「それで、御住職はなんとお答えになったのです？」

「思いきって、本当のことを話してみた。あのふたりなら、場合によっては与三郎どのの味方になってくれるのではないかと思ってな」

「ふたりの反応はどうでした？」

「わしの話に納得した様子で、生真面目《きまじめ》にうなずいておったよ。あれならば、少なくとも与三郎どのの足を引っぱるような真似はするまい」

「そうですか……」

それが本当なら、ありがたい話だった。

円了の支度が整ったあと、ふたりは屋敷を出た。

谷岡と遠藤は、すでに外で待っていた。

「では、まいりましょう」

見張りというよりも、お供のような態度だった。

村の者たちには、見送りはいらないと伝えてあったので、四人だけでの出立となった。

道中、与三郎たちはできるだけ急いだ。円了も、肥えた体のわりに足腰はしっかりしていて、遅れずについてくる。

正照寺の山門前で、円了と別れた。

「では、また何かあれば相談にのろう」

そう言って、円了は石段を登っていった。

与三郎たちが城に戻り着くと、大手門のところに宇八の姿があった。

「若、ご無事でしたか！」

宇八は跳び上がるようにして迎えに出てきた。

「まさか、一晩中ここで待っていたのではあるまいな」

与三郎がたずねると、

「そのまさかでございます。昨日のうちにお戻りになるものとばかり思っておりましたので、気が気でなく……」

「心配をかけて悪かった」

そこへ、谷岡と遠藤がやってきた。

「我らは、これより岸どのへ報告にいってまいります」

「そうか」

「それでは、また後ほど」

ふたりは一礼してから、門に入っていった。

「なにやら、やけに神妙でございますな」

宇八が不思議そうに、ふたりを見送っていた。

与三郎たちも城に入ると、自宅に戻った。

まずは瓶《かめ》の水を一杯飲んでから、宇八に昨日のことを説明してやる。

「では、手がかりが見つかったのでございますね」

「ああ、これだ」

与三郎は懐から神社で見つけた竹筒を取り出した。

「ほう、焼き印が押されておりますな」

竹筒のなかほどに、○に鼻という文字の焼き印が押されていた。

「村の者たちに見せて回ったが、誰もこの印に心当たりがないという。印の意味が分かれば、賊の正体にも近づけると思うのだがな」

与三郎はそう言って、

「どうだ、宇八はその印に見覚えはないか？」

とたずねてみる。

「……残念ながら、初めて目にいたしました」

「そうか」

もともと期待もしていなかったので、がっかりすることもなかった。

「この竹筒をしばらくお借りしてもよろしゅうございますか？」

宇八が言った。

「どうするのだ？」

「城の者たちに、心当たりがないか聞いて回ります」

「分かった、頼む」

竹筒をあずかった宇八は、さっそく家を飛び出していった。

宇八が戻ってきたのは、一刻（二時間）ほど経《た》ってからだった。

「ご苦労だったな。何か手がかりは見つかったか？」

与三郎がたずねると、

「はい、ございましたぞ」

と宇八は声を弾ませて答える。

「まことか」

与三郎は思わず身を乗り出した。

「近頃、城に出入りしている小間物商で、五助という者がおります。その五助に竹筒を見せたところ、確かに見覚えがある、と申しておりました」

「そうか、よくやってくれた」

「五助はちょうど、足軽長屋の女房どもを相手に商売をしておりまして、荷を片づけしだいこちらへ参ると申しておりました」

それから四半刻（三十分）も待たないうちに、五助がやってきた。

五助は背負った荷を土間で下ろしてから、与三郎の居室へ上がった。

「商いで多忙のところ、わざわざ呼びつけてすまぬな」

「いえ、与三郎さまのお声がかりとあれば、よろこんで」

五助は真っ黒に日焼けした小男だった。年の頃はよく分からないが、意外に若いようだ。

「それで、おぬしはこの水筒に見覚えがあるそうだな」

与三郎はさっそくたずねた。

「へい。竹《たけ》ヶ鼻《はな》のお城下で商いをしたとき、目にしたことがございます。そこにある酒問屋が作ったものだそうで」

竹ヶ鼻城は美濃の南西部にあり、尾張との国境も近い要所だった。

「なるほど、それで竹筒に鼻の焼き印か」

「その酒問屋はおもに樽酒《たるざけ》を扱っておりますが、希望する者がおれば、竹筒に酒を入れて売ることもございます。酒を飲み終えたあとも、捨てるには惜しいと、水をつめて使う者もいるようです」

「ふむ、そうか……」

「このようなお話で、お役に立てましたでしょうか」

「おおいに助かったぞ。礼に酒でもふるまいたいところだが、いまは多忙でな。また後日、あらためて礼をしよう」

「いえ、礼などと」

五助は恐縮したように言った。

ふたたび大きな荷を背負って、五助は帰っていった。

与三郎は宇八と家の外まで出て、五助を見送った。

「手がかりが見つかり、ようございましたな」

宇八が嬉しそうに言ったが、

「うむ……」

と与三郎はむずかしい顔で応じた。

「若、どうかなされましたか？」

「五助は伊勢からきた行商人だそうだが、その素性は確かなのだろうな？」

「え？　さあ、それがしも、ひとからそう聞いたというだけでして……何かご不審の点でも？」

　宇八が不安そうな顔になる。

（どうも油断ならない目つきだったな）

　与三郎は、五助がごくさり気ないしぐさで、部屋の隅々にまで目を向けていたのに気づいていた。それは、まるで与三郎の腹のうちを探っているかのように思えた。

だが、いまは五助の正体を気にしている場合ではない。

「ともかく、竹ヶ鼻城下に行けば牛介が見つかるかもしれぬ。さっそく兄上の許しをいただいてくる」

　与三郎は急いで衣服を着替えた。

「ところで、若。脇差しはいかがいたしますか？」

　宇八が聞いてきた。

「そうだな……」

　与三郎が光治の前に出るときは、いつも脇差し一本だけを帯びている。

だが、その脇差しは山中で失ってしまった。

「……よし、父上にいただいた脇差しを出してくれ」

「よろしいので？」

「仕方あるまい」

その脇差しは備前長船兼光《びぜんおさふねかねみつ》の名刀で、与三郎にとっては父の形見ともいえるものだ。普段は大切にしまい込んであった。

宇八はうやうやしい手つきで脇差しを運んできた。

与三郎は脇差しを腰に差すと、

「では、行ってくる」

と兄の屋形に向かった。

二

本丸にある光治の屋形に着くと、応対に出てきた小姓に取り次ぎを頼んだ。

しばらく待たされてから、光治の部屋まで案内される。

「どうした、何か調べが進んだのか」

光治はもろ肌脱ぎになって、たくましい背中に浮いた汗を小姓に拭かせていた。城内の馬場で馬を責めてきた後らしい。

光治の脇には、いつものように岸がひかえていた。

「宮田村でこのようなものを見つけました」

そう言って、与三郎は例の竹筒を光治へ差し出した。

「この竹筒がどうしたというのだ」

「賊の正体を突きとめるための、大きな手がかりかもしれないのです」

与三郎はこれまでのいきさつを説明した。

光治ははじめは気のない顔で聞いていたが、しだいに真剣な面持ちになっていった。

「……なるほどな。たった二日でようそこまで調べたものじゃ」

事情を聞き終えると、光治は感心したように言って、

「どうだ、おぬしの配下の者より、よほど優秀ではないか」

と、岸に皮肉な言葉をなげつける。

岸は無表情でうつむいたままだった。

「兄上、これよりただちに竹ヶ鼻城に向かうことをお許しいただけましょうか」

与三郎は勢い込んで言った。

「よかろう」

光治はうなずいてから、ふと首をかしげて、じっと与三郎の顔を見つめた。

「何でございましょう」

「おぬし、なにやら人変わりがしたようじゃのう。いつからそのように頭が回るようになったのだ」

「人間、命の瀬戸際に立てば人変わりもしましょう」

与三郎は苦笑するしかなかった。

光治は決して頭の鈍い人間ではない。

しかし、不破家の長男として生まれ、武勇に優れ、つねに日の当たる場所を歩いてきた。

そのような人は、身を守るためにあえて愚者を演じる者がいるなどと、想像したこともないのだろう。

(ともかく、兄上はこの一件の黒幕ではないようだな)

与三郎はそう感じていた。

「では、さっそく出立いたします」

そう言って与三郎が席を立とうとしたところで、

「あいや、お待ち下され」

と岸が声を上げた。

「……何か？」

与三郎は警戒しながら振り向いた。

「殿、与三郎さまおひとりでは心配でございます。私が配下の者をつれて同行したいのですが、お許しいただけますか」

「ほう、そちがみずから行くと申すか。よかろう、与三郎を手伝ってやれ」

光治はこころよく許した。

「それでは、さっそく支度に取りかかります」

岸は一礼すると、与三郎の方を向いて、

「急ぎの旅になりますから、全員が馬に乗り、従者はつけないということでよろしいですな？」

と言った。

「ええ、それで結構です」

与三郎はうなずいた。

（……岸め、どういうつもりだ）

岸が本心から与三郎のことを心配しているとも思えない。

もしかすると、与三郎が逃げないよう監視するつもりなのかもしれなかった。

どちらにしても、牛介は自分ひとりの手で捕らえるつもりだったから、邪魔さえされなければ文句はないのだが。

「では、兄上。これにて失礼いたします」

与三郎は一礼して、今度こそ席を立った。

光治の屋形を出ると、急いで自宅へ戻る。

「若、いかがでござりましたか」

宇八がさっそくたずねてきた。

「竹ヶ鼻行きを認めてもらえた。すぐに旅の支度をしてくれ」

「は、かしこまりました。それがしも付いていってかまいませぬか?」

「いや、今度の旅には供の者はつけないことになったのでな。宇八は家で私の無事を祈っていてくれ」

「さようですか……」

宇八は残念そうだった。

支度が整うと、与三郎は家を出て大手門に向かった。

そこにはすでに岸の姿があった。配下の者を五人つれている。

ただし、今回は谷岡と遠藤は外されているようで、ふたりの姿はなかった。

「では、まいりましょう」

岸は小者に命じて、馬をひいてこさせた。

与三郎が馬にまたがると、見送りに来ていた宇八が、

「若、くれぐれもお気を付けくだされよ」

と不安そうに言った。

城を出た一行は、南に向かって進んだ。

竹ヶ鼻城までは街道が通っている。

だが、街道といっても馬一頭が通るのが精一杯の道幅だった。峠越えとなれば険しい道も続く。

途中、これまでになかった関所がもうけられていた。

一行は番士に呼び止められて、通行手形を見せるように命じられる。

家臣のひとりが手形を見せている間に、与三郎は近くにいた足軽に声をかけた。

「あらたに関所をもうけるとは、何かあったのか？」

「近頃は、尾張より盛んに間者が入り込んでおりますからな。治部大輔《じぶのたいふ》（斎藤龍興）さまより、旅人を厳重に取りしまるようにとの指示がございまして」

足軽はそう教えてくれる。

ここしばらく斎藤家と織田家の間に目立った戦さは起きていない。その代わり、水面下では激しい諜報《ちょうほう》戦がおこなわれているようだ。

番士は手形の確認を終えると、

「さあ、どうぞお通り下され」

と門を開いてくれた。

与三郎たちは関所を通り抜ける。

そのとき、後ろで何か言い争うような声がした。

何気なく振り返った与三郎は、はっとなった。

（あれは、もしや……？）

数人の足軽が、ひとりの旅装の武士を取り囲んでいた。

関所の通行をめぐって、何か揉め事が起きているらしい。

与三郎は、その武士の顔に見覚えがあった。

「岸どの、少しお待ち下され」

与三郎は配下のひとりに馬のたづなを預け、武士のもとに向かった。

武士と足軽の押し問答はまだ続いていた。

「だから、手形のない者はここを通せぬと言っておろうが」

足軽がうんざりしたように言うのに対して、

「だが、つい先月には、私は何の問題もなくこの道を通ったのですぞ」

と武士は懸命に食い下がる。

「取り込み中のところを失礼いたす」

与三郎は両者の間に割って入ると、

「もしや、あなたは明智十兵衛《あけちじゅうべえ》どのではござりませぬか?」

と武士にたずねた。

「いかにも、拙者は明智十兵衛にござるが……」

武士は怪しむように与三郎を見た。

「やはりそうでございましたか!」

与三郎は声を弾ませて言った。

明智十兵衛光秀《みつひで》と会うのは、十数年ぶりのことだった。

かつての光秀は、颯爽《さっそう》とした若武者だったが、今は苦労にやつれた顔つきになっていた。それでも、理知的で穏やかな風貌は変わっていない。

「失礼ですが、貴殿は一体……?」

光秀はまだ与三郎のことを思い出せないようだった。

「私は不破通直の子の与三郎にございます。十数年前、稲葉山《いなばやま》城で親子ともども明智どののお世話になりました」

「……あっ、あの与三郎どのでしたか」

光秀は目を見開いて言うと、

「これはまことに申しわけござらぬ。貴殿のことを見忘れるなど、うかつにもほどがあります」

と頭を下げた。

「いえ、お忘れになるのも無理はございませぬ。何しろ、あのときの私はまだ元服前でしたから」

「そうでした、そうでした」

光秀は笑って、

「与三郎どのはまだ前髪の取れない少年でしたな。長らく会わないうちに、ずいぶんとご立派になられました」

と懐かしげな顔で言った。

「明智どのも、ご壮健で何よりです」

与三郎は心から言った。

実を言えば、光秀はもうこの世にいない人だと思っていたのだ。

美濃の国主である斎藤道三《どうさん》と、その息子の義龍《よしたつ》が、親子で血みどろの争いをしたのは、今から七年前の弘治《こうじ》二年（一五五六）のことだった。

そして、長良川の戦いで道三は敗死し、道三に味方した明智家も滅びていた。

「明智どのは今、どちらにいらっしゃるのです？」

「道三公が亡くなられてから、ずっと牢人《ろうにん》の身でして、各地を転々としております」

「そうでしたか……」

この七年間の光秀の苦労が思われた。

そのとき、足軽たちの上役らしい武士がやってきて、

「関所の前でいつまで話しておる。さあ、早く立ち去れ」

と威圧的に言った。

仕方なく、与三郎は光秀とともに、少し離れた場所に移った。

「いや、困ったものです。こんなところで足止めを喰《く》うわけにはいかないのですが
……」

光秀は力ない声で言った。

「通行手形をお持ちでないようですね」

「ええ。先月、この道を通ったときには、あのような関所はなかったものですから」

「どちらへ行かれていたのですか？」

「所用があって、久しぶりに親族のもとを訪れていました」

明智家は義龍によって滅ぼされたが、一族の者たちが皆殺しにされたというわけではない。ある者は他家に仕え、ある者は百姓となり、美濃の各地で暮らしているはずだった。

「ところが、昨日になって、近江《おうみ》に残してきた妻が病で倒れた、という知らせがあったのです。すぐにでも妻のもとに戻ってやらねばならないのですが……」

光秀は暗い顔で言った。

光秀が愛妻家であるという噂は、与三郎も聞いたことがある。

「……分かりました。私がどうにかいたしましょう」

与三郎は思いきって言った。

「まことですか？」

光秀がぱっと表情を明るくした。

「関所の番士と話をつけてまいりますので、明智どのはこちらでしばらくお待ち下さい」

与三郎はそう言って、関所に向かった。

（今こそ、明智どのに恩返しをするときだ）

十数年前、父の通直が与三郎をつれて稲葉山城に向かったのは、道三から寝返りの疑いをかけられたからだった。

寝返りなどというのは根も葉もない噂で、それを弁明するつもりだった。だが、道三が信じてくれるかどうかは分からなかった。通直が与三郎を連れていったのは、場合によっては人質として預けるためだ。

そのとき、取次役となったのが光秀だった。

当時の光秀は道三の側近として重用されていた。だが、傲慢なところはまるでなく、少年だった与三郎に対してもつねに親切だった。

光秀は通直の言い分をじっくりと聞き、無実であることを確信すると、道三を説得して疑いを解いてくれた。

「我らが生きて帰れるのは光秀どののおかげでござる」

稲葉山城を去るとき、通直がくり返し礼を言っていたのを、よく覚えている。

与三郎は関所のわきの小屋に行くと、

「この関所を任されている方に会わせて下され」

と頼み込んだ。

すぐに、小具足（簡易な鎧《よろい》）姿の武者が出てきた。

濃い髭《ひげ》を生やした、いかにも荒々しい風貌の男だ。

「何の用か」

武者はじろりと与三郎を睨んで言った。

「私は不破光治の弟で、与三郎と申す者です」

「ふん、そうか」

「あちらにおられるのは、明智十兵衛というお方で、通行手形こそ持っておられませぬが、決して怪しい者ではございません。私が人物を請け合いますから、どうか関所を通らせていただけませぬか」

与三郎は腰を低くして頼んだが、武者はあざけるように口をゆがめて、

「馬鹿な、そのような請け合いに何の意味がある。手形を持たぬ者は決して通すなという、治部大輔さまのご命令じゃ。誰であろうと例外は認められぬ」

と言った。

(困ったな……)

与三郎はちらりと光秀の方を振り返った。

光秀は期待のこもった眼差しでこちらを見ている。

(……ここで引き下がるわけにはいかない)

与三郎はふたたび武者に向き直った。

「……では、貴殿にひとつお願いがござる」

「願いじゃと?」

「配下の者たちを引きつれ、しばらく巡回に出て下さらぬか」

「なに?」

「わずかに目を離した間に、旅人のひとりやふたりが関所を通ったからといって、大した問題にもなりますまい。もちろん、ただでお願いするつもりはありません」

「きさま……」

もし武者が清廉な人物であれば激怒するところだろう。

だが与三郎は、武者の口元からかすかに酒の匂いが漂ってくることに気づいていた。退屈な任務に飽き飽きして昼間から酒を飲むような男が、清廉であるはずがない。

「それで、わしにどのような得がある？」

武者は声をひそめて言った。

「上等の樽酒を買って兵たちの苦労をねぎらえるくらいのお礼はいたしましょう」

「ほう、そうか」

武者はこの取り引きに乗り気のようだった。

「では、しばしお待ちを」

与三郎はそう言って、岸のところに向かった。

武者に賄賂の約束はしたが、与三郎の懐にはほとんど金はない。

だが、岸ならば旅費をたっぷりと用意してきているはずだった。

「何を手間取っておられるのか」

岸が苛立ちを隠さずに言った。

「申しわけない。旧知のお方が、困っておいでてでして」

与三郎はそう言うと、光秀の方を見て、

「岸どのもご存じでしょう。あの方が、かつて父上の窮地を救ってくれた、明智十兵衛どのです」

「ふん、さようですか」

　岸は興味もなさそうに言った。

　明智家が没落して光秀が牢人となったため、見下しているのだろう。

「明智どのはどうしても関所を通らなければならないのですが、そのためには金が要るのです。どうか、路銀から幾らか貸していただけないでしょうか」

「なりませんな」

　岸は冷ややかに言って、

「この金は、殿の仰せつけを果たすための大事な金。それを無断で他に流用するなど、許されることではありません」

「兄上には、後で私からご説明します」

「くどい。何と言われても、私は承諾できませぬ」

　岸はそう言うと、

「明智どのを助けたいのなら、私などに頼らず、ご自身の才覚で工夫なされよ」

と口元に嘲笑を浮かべた。

　与三郎は岸を睨みつけたが、これ以上何を言っても無駄だとあきらめた。

（どうしたものか……）

　関所の方へ引き返しながら、与三郎は迷った。

光秀のもとに行って己の無力をわびるか、それとも……。

（よし、こうなれば）

与三郎は決心して、関所の武者のところに向かった。

「金はどうなった？」

武者がたずねてくる。

「まず、こちらへ」

与三郎は武者を誘って小屋に入ってから、

「あいにく、金は用意できませんでした」

と答えた。

「なんだと？」

「その代わり、こちらを差し上げましょう」

与三郎は腰から脇差しを鞘ごと抜き取った。

父からもらった備前長船の名刀だ。

「売れば、百金にも二百金にもなるはずです」

そう言って、脇差しを武者に手渡す。

武者は脇差しを半ば抜くと、その見事な刃文を見てごくりと喉を鳴らした。

「ほ、本当にこれをもらってもよいのか？」

「かまいません。その代わり、先ほどのお約束、よろしくお頼みしますぞ」

「もちろんだ」

武者はうなずいた。

(父上、申しわけございません)

父の形見を手放すのは辛かった。

だが、光秀の恩に報いるためなら、きっと父も許してくれるだろう。

小屋を出た与三郎は、光秀のもとに向かった。

「明智どの、関所を通れることになりましたぞ」

「ありがたい。感謝いたします」

光秀は喜びをあふれさせて言った。

しばらくその場で待つうちに、先ほどの武者が足軽たちを引きつれて関所を離れた。

与三郎たちの前を通るときも、武者は素知らぬ顔をしていた。

「さあ、明智どの。今のうちに」

与三郎は光秀とともに無人の関所を通り抜けた。

「与三郎どの、ありがとうございました」

光秀は改めて礼を言った。

「お役に立てて何よりです」

「どのようにお礼をすればよいのか……」

と、そこで光秀ははっと気づいたように、

「与三郎どの、脇差しはどうなされた?」

「あれは……番士と話をつけるため、手放す必要がありまして」

「そんな、私のためにそこまで」

「お気になさらないで下さい。これも昔の恩を返すためでございますから」

「与三郎どの……」

「それでは明智どの、私は先を急ぎますので、これで失礼いたします」

「どちらに向かわれるのですか?」

「竹ヶ鼻城です。それでは、奥方さまに大事がないことを祈っておりますぞ」

与三郎は一礼すると、岸たちのもとに向かった。

「やっと出発でございますか」

岸が嫌味な口調で言った。

与三郎はそれを無視して、馬にまたがった。

ふたたび竹ヶ鼻城に向かって進む。

途中、ふと振り向いてみると、光秀が頭を下げたまま見送ってくれていた。

(明智どのの力になれてよかった)

与三郎はあらためてそう思い、ほっとした。

三

竹ヶ鼻城下に着いたときには、もう日が暮れていた。

城下町の家々はどこも表戸を下ろしていて、通りは真っ暗だった。

現在の竹ヶ鼻城主は斎藤家の重臣である長井道利《ながいみちとし》だ。光治と共に戦さにのぞんだことが何度かあり、与三郎とも面識があった。

与三郎たちは、まず道利へ挨拶しておくことにした。

だが、城を訪れてみると、道利は不在だった。

代わりに、萩原《はぎわら》という老臣が応接に出てくる。

「殿は織田家の侵攻にそなえて、砦を築いておりましてな。ここ数日は現地へおもむかれております」

萩原は申しわけなさそうに説明した。

与三郎は簡単に事情をあかして、

「もしかすると御城下で一騒ぎ起きるかもしれませぬが、あらかじめご了承下され」

と頼んでおいた。

萩原の手配で、城内の屋敷が与三郎たちの宿所として提供された。簡単な酒と食事も用意してくれる。

与三郎は広間のすみに座って、ひとりで食事を始めた。

岸は配下の者たちに囲まれて座っている。

岸はむっつりと黙ったまま飯を食べていたが、配下の者たちは低い声で談笑しながら酒を酌み交わしていた。

配下の者たちは、不破家のなかでも名を知られた勇猛の士ばかりだ。

そのなかでも特に目をひくのは、「槍《やり》の新八郎《しんぱちろう》」の異名をもつ田代《たしろ》新八郎だった。年は三十半ばで、馬廻衆《うままわりしゅう》としてこれまで多くの戦場で敵の首をとってきた。

味方であれば頼もしいが、もし敵に回せば誰よりも手強《てごわ》い相手となるだろう。

与三郎は黙々と食事を済ませると、酒は飲まずにすぐに自室へ入った。

(牛介は本当に竹ヶ鼻の城下に潜んでいるのだろうか)

それを思うと深夜まで寝つかれなかった。

一夜明けてから、与三郎はさっそく城下の酒問屋を訪れることにした。

朝食をとりながら、給仕してくれる女中に、

「この城下で一番大きな酒問屋はどこにある?」

とたずねてみる。

「それでしたら『井原屋《いはらや》』でございましょうか。大手門前の道をまっすぐ進んでいけば、そのうち行き当たります」

女中はそう教えてくれた。

与三郎は食事を終えると、すぐに城を出た。岸も配下の者を引きつれてついてくる。

女中の言っていたとおり、井原屋はすぐに見つかった。

創業してから長いらしく、店構えはたいそう立派なものだった。柱も床も磨き込まれて黒光りしている。多くの奉公人や人足が忙しそうに出入りしていた。

「大勢で入っては店に迷惑がかかります。ここでしばらくお待ち下され」

与三郎は岸たちにそう言って、ひとりで建物に入った。

奥の帳場に向かい、そこに座っていた手代らしい男に声をかける。

「忙しいところを済まないが、ちとたずねたいことがある」

「はい、なんでございましょう」

「この水筒は、ここで用いているものかな?」

懐から竹筒を取り出して見せた。

「……確かに、これは当店のものにございます」

「得意先の客で、希望する者がいればこの竹筒に酒を詰めて売っているそうだな」

「さようでございます」

「では、その客のなかに、牛介という名の者はいないか」

「牛介、でございますか……」

手代はどうやら心当たりがあるようだった。

（よし、これは幸先《さいさき》がいいぞ）

与三郎は期待に胸をはずませながら、

「これはお城方にも許可をもらった上での調べだ。知っていることは包み隠さず言ってもらいたい」

「はい……確かに、手前どものお客さまのなかに、牛介という人はおります。姓は関《せき》川《かわ》にございます」

「どのような者だ。詳しく教えてくれ」

「それが……正直に申し上げれば、城下でも評判のおよろしい方ではございませぬ」

手代の話では、牛介は若い頃に足軽として戦場を渡り歩いていたそうだ。十年ほど前に、一財産を抱えて竹ヶ鼻へ戻ってくると、城下の外れに屋敷をかまえて色々と商売を始めたという。

（忠次郎とそっくり同じような経歴だな）

しかし、そこから先は違っていた。

「初めのうちは景気が良かったのですが、そのうち牛介どのは博打《ばくち》に手を出すようになって、少しずつ資産を減らしていきました。そして、ついには屋敷の他は何もかも失って、奉公人たちも逃げ散ってしまいまして」

「ほう……」

「いまでは多くの金を借り入れた上に、それでもまだあちこちへ金の無心をして回っております。乱暴な振る舞いもいたすものですから、出入りを断っている家も多いと聞きます」

　この酒問屋も、牛介からいろいろと迷惑を被っているのかもしれない。

「その牛介の屋敷がどこにあるか教えてくれぬか」

「はあ、よろしゅうございますが」

　与三郎は手代から場所を聞き出して、店を出た。

「どうでござった」

　待ちかまえていた岸がさっそくたずねてくる。

「牛介はこの城下におります。屋敷の場所も分かりました」

「さようでござるか」

　岸は無愛想に言った。まるで喜ぶ様子はない。

（この男、やはり私を手助けする気などないのではないか）

与三郎は岸を警戒する気持ちを強めた。

それから、与三郎たちは城下町を出て、牛介の屋敷に向かった。

周囲に田んぼが広がる野良道を進んでいく。

道のわきには、ぽつりぽつりと百姓たちの家が建っていた。

やがて、こんもりした森が見えてくる。

その森の側の、ひときわ大きな屋敷が牛介の住みかだという。

与三郎は足を止めると、岸たちを振り返って、

「あまり大勢で近づけば、向こうに気づかれるかもしれません。まずは人数を減らして周辺に探りを入れましょう」

と言った。

「では、それがしと田代がご一緒いたそう」

岸がそう答えた。

この場に残る四人は、近くの木立の陰に身をひそめて待つことになった。

与三郎たちはゆっくりと屋敷に近づいていった。

屋敷の表門は開かれたままだった。

そっとなかをのぞき込むと、雑草が生い茂っているのが見えた。

建物の玄関は、屋根が傾いていて、瓦が何枚も剥がれ落ちている。

井原屋で聞いたとおり、奉公人たちはみな逃げ散ってしまい、建物の手入れをする者もいないのだろう。

塀に沿ってぐるりと一周してみると、北と東に通用門が一つずつあることが分かった。

表門まで戻ってきたところで、

「これからどうなさる？」

と岸がたずねてきた。

「そうですな……まずは、あちらで待たせている者たちを呼び寄せましょう」

「では、拙者が行ってまいります」

田代が素早く駆け出した。

しばらく待つうちに、岸の配下の者たちが目立たないよう二手に分かれてやってきた。

全員がそろったところで、与三郎は一同を見回した。

「これから、私がひとりで屋敷に乗り込む。みなのものは手分けして門を見張ってくれ」

「なにゆえ、おひとりで？　危なくはございませんか」

田代が不審そうに言った。

「大勢で乗り込めば、敵はすぐに気づいて逃げるか隠れるかするだろう。だから、ひとりで忍び込んで、相手の居所を探し当てるのだ」

「なるほど」

それから、手短に打ち合わせて、誰がどの門を見張るかを決めた。

岸たち六人は、ふたりずつに分かれて、それぞれが担当する門に向かった。

(よし、行くか)

与三郎は表門からひとりで入っていった。

玄関から建物へ入り込む。

内部は、まだそこまで傷んでいなかった。床に埃がつもってはいるが、一見するとまだ人々がふつうに暮らしているように見える。

草鞋《わらじ》を履いたまま廊下へ上がり、慎重に奥へ進んでいった。

さすがに緊張して、手のひらに汗がにじんだ。

ほとんどの雨戸が閉め切られたままで、なかは真っ暗だった。

しんと静まり返っているので、わずかな床のきしみでも遠くまで伝わりそうだ。

そのとき、どこかでかたりと音がした。

与三郎ははっとして身がまえる。

息をひそめてじっと聞き耳を立てた。

だが、伝わってくるのは静寂だけだ。

(気のせいだったか)

そう思い始めたところで、また音が聞こえてきた。

今度はかたかたと音が途切れずに続く。

間違いない、近くに誰かがいるようだ。

ゆっくりと物音がする方向へ進んでいく。

廊下の角を曲がったところで、明るい戸口が見えた。そのなかから音が聞こえてくるようだ。

そっと戸口に近づいて、なかをのぞき込んだ。そこは炊事場のようだった。

土間のかまどの陰に、かがみ込んだ人影がある。火をおこそうとしているらしい。

(よし)

与三郎は刀の柄に手をかけて、土間へ飛びこもうとした。

だが、一瞬早く、人影が立ち上がった。くるりとこちらを振り返る。

「……おや、旦那さま、お帰りですか?」

のんびりした声でたずねてきたのは、背中の曲がった小さな老婆だった。

目が悪いのか、与三郎を牛介と見間違えているようだ。

「いや、私は牛介どのではない」

老婆を驚かせないように、静かな口調で応じた。

「おや、まあ。では、旦那さまのお客ですか？」

「そうだ。牛介どのに用があってたずねてきたのだが……そなたはこの屋敷の奉公人か？」

「へえ、通いでお食事の世話をさせてもらっておりますだ」

「牛介どのは不在のようだな」

「旦那さまは一昨日から留守にしておりますよ」

「どこへ行ったか知らぬか？」

「それは聞いてねえです。二、三日で帰ってくるとは言っておられましたが」

「そうか……では、またたずねてくるとしよう。邪魔をしたな」

「あ、麦こがし（麦茶）でもお入れいたしましょう」

「いや、かまわんでくれ」

与三郎は廊下を引き返して、表門まで戻った。

「いかがでございましたか？」

岸がさっそくたずねてきた。

「残念ながら、牛介は不在でした。しかし、二、三日のうちには戻ってくるようです。それまで、屋敷にひそんで待ち伏せしましょう」

「いや、それはなりませぬな」

岸は渋い顔で言った。

思いがけない返事に、与三郎は戸惑った。

「どういう意味です？」

「まさか、捜索の期限をお忘れではないでしょうな。今日はその三日目です。本日中に西保城へ戻り、殿に結果を報告していただかなければなりませぬ」

「しかし、こうして牛介の居所を突き止められたのです。あと一日か二日待つだけで、やつを捕らえられるのですぞ」

与三郎は岸を睨みつけて言った。

ここまできて、岸の言いなりになるつもりはなかった。

「私は牛介を捕らえるまで城へ帰る気はありません。それがご不満なら、岸どのたちだけで城に戻り、このことを兄上に報告されるがよい」

「なに……」

岸は怒りに顔を赤くした。

ふたりはしばらく無言で睨み合った。

「……ご家老、他の者たちを呼んでまいりましょうか」

側にいた配下の者が、そっと声をかけた。

「……いや、かまわぬ」

岸はそう答えてから、ふうっと息を吐き、肩の力を抜いた。

「分かりました。今度だけ、与三郎さまのわがままにお付き合いいたしましょう」

「まことですか？」

「牛介は二、三日のうちに帰ってくると言われましたな」

「はい」

「では、これより三日だけ期限を延ばしましょう。ただし、それで牛介が戻ってこなかったとしても、西保城へ帰ってもらいますぞ」

「ええ、それでかまいません。岸どの、感謝いたします」

与三郎はほっとして言った。

「そうとなれば、焦っても仕方がない。一度城へ戻って、今後の策を練りましょう」

岸の言葉に、

「わかりました」

と与三郎はうなずいた。

岸の配下が、他の門を見張っていた連中を呼び集めてくる。

それから、一行は竹ヶ鼻城へ引き返した。

与三郎は宿舎となっている屋敷に戻ると、自室に入った。

（これで、どうやら牛介を捕らえられそうだな）
牛介を尋問すれば、忠次郎の屋敷を襲撃した者たちの正体もはっきりするに違いない。
与三郎は刀をはずして横になり、しばらく休むことにした。
四半刻（三十分）ほど経って、部屋の前に誰かがやってきた気配がした。
「与三郎さま、昼食のお支度ができました」
障子越しに、岸の配下が呼びかけてくる。
「分かった。すぐに行く」
与三郎は部屋を出ると、広間に向かった。
広間には人数分の膳が並べられていたが、岸たちの姿はまだなかった。
与三郎は席のひとつに座って、岸たちがやってくるのを待つことにする。
しばらくして、岸たちが廊下をやってくる足音がした。
与三郎は何気なく後ろを振り返った。
（……しまった！）
反射的に腰を浮かして、後ろへ飛び下がる。
廊下にずらりと並んだ岸の配下たちは、全員が大刀を腰に差し、襷《たすき》がけをしていた。

与三郎は慌てて腰に手をやった。

だが、いつもならそこにあるはずの脇差しは無かった。

（そうか、あのとき関所で……）

与三郎は唇を嚙んだ。

「与三郎さま、無駄な抵抗はせぬことですな」

配下の者たちの後ろから、岸が呼びかけてきた。

「無用の血を流さぬためには、やむを得なかったのです」

「岸、騙したな」

「よくも……」

「さあ、大人しく我らに従って西保城に戻って下され。さすがに与三郎さまに縄をかけるつもりはございませぬが、逃げようとすれば容赦なく斬り捨てますぞ」

それが脅しでない証拠に、田代たち五人は刀に手をかけて殺気をみなぎらせている。

与三郎が少しでも抵抗しようとすれば、すぐさま刀を抜いて斬りかかってくるだろう。

せめて脇差しがあればともかく、素手ではどうにもならなかった。

「……分かった。そなたに従おう」

与三郎は怒りを懸命にこらえながら言った。

「よう聞き分けて下さりました。それでは、すぐにでも出発いたしましょう」

岸は薄笑いを浮かべて言った。

五章　赤座党

一

与三郎は監視を受けながら、出発の準備ができるのを待つことになった。
もちろん、すっかり諦めてしまったわけではなく、ずっと逃げる隙をうかがっていた。
だが、岸たちも油断せず、配下の者たちは決して与三郎から目を離さなかった。
「さあ、それではまいりましょう」
荷物をまとめ終わると、岸たちは与三郎を連れて屋敷を出た。
与三郎は歩かされることになった。すぐ後ろに、配下のふたりが徒歩で続く。
岸と配下の三人は馬に乗り、与三郎を前後から挟むような形をとった。
ここまで警戒されては、とても逃げられそうにない。

（城に戻れば、兄上はどのような裁定を下すだろう）

光治が与三郎の言い分に素直に耳を傾けるなら、岸のあまりに頑固なやり方を叱責するはずだ。

だが、もし岸の主張が押し通されたら、与三郎は濡れ衣を着せられたまま処刑されるかもしれなかった。

（やはり、このまま城へ連れ戻されるわけにはいかない）

与三郎は焦ったが、どうやっても逃げる隙は見つからなかった。

やがて、昨日通った関所が遠くに見えてきた。

「私が先に行って、事情を説明しておきましょう」

田代がそう言って、馬を駆けさせた。

これで監視の人数はひとり減ったことになるが、それだけではどうにもならない。

ところが、そこで異変が起きた。

突然、何かを殴るような音がしたかと思うと、岸の馬が声を上げて竿立ちになった。

「うおっ」

岸は必死で馬の首にしがみつく。

他の馬たちも驚いて暴れ出した。

与三郎も何が起きたのか分からなかったが、

（……今だ！）
と、とっさに行動を起こした。
前方へ身を投げ出すようにして跳ぶ。
暴れる馬の足下へ潜り込んだ。
危うく蹄《ひづめ》に踏み潰されそうになりながらも、反対側へ転がり出る。
「あっ、待て！」
後ろにいた二人が慌てたが、馬たちに邪魔されてすぐには追いかけてこられない。
「に、逃げたぞ！　誰か、斬れ！」
岸が必死に叫んだ。
しかし、馬に乗ったふたりの配下も、馬を落ち着かせるので精一杯だった。
与三郎は道の横の急斜面を駆け下りた。
下りきった先の森のなかへ逃げ込む。
「与三郎さま、待たれよ！」
徒歩のふたりが追ってきた。
与三郎は右に左に木をかわしながら、必死で逃げた。
ちらりと振り返ると、追っ手の二人が刀を抜いているのが見えた。
もはや与三郎を捕らえる気はなく、斬るつもりでいるようだ。

与三郎は何度も木にぶつかりながら、転がるようにして逃げ続けた。
そのうち、追っ手のひとりが、
「あっ」
と声を上げて転倒した。
残るひとりとの距離も、少しずつ開いていく。
（これならば、逃げきれる）
与三郎がそう思ったときだった。
目の前に、とつぜん崖が現れた。
はるか頭上高くまでそびえ立つ断崖だ。
登っていくのはとても無理だった。
与三郎は逃げ道を失い、とっさに近くの木の陰に隠れた。
すぐに追っ手がやってきた。
与三郎は懸命に息を殺して、相手の様子をうかがう。
相手は、与三郎がすぐ近くにいるのを感じとっているようだ。
刀をかまえながら、辺りを見回している。
（ここで隠れていても仕方がない）
このままでは、やがては他の連中も追いついてくるだろう。

複数の敵に取り囲まれては、もはや助かる見込みはない。
（一か八《ばち》か、勝負を仕掛けるなら今しかない）
与三郎はそう決意した。
さっと辺りを見回して、地形を確かめる。
（……よし、あそこだ）
与三郎は木陰から飛び出した。
「あっ、待て！」
敵はすぐに気づいて追ってきた。
与三郎はしばらく走ってから、くるりと振り返った。
迫ってくる敵と正面から向き合う。
「与三郎さま、お覚悟！」
敵は刀を上段にかまえて斬りかかってきた。
刃が鋭く振り下ろされる。
斬られる寸前で、与三郎は刀をかわした。
敵はさらに踏み込んできて、二撃目、三撃目を加えてくる。
与三郎はそのどちらもぎりぎりで避けた。
そして、敵が苛立ったように刀を振り回した瞬間、かつんと乾いた音が響いた。

（やった）
敵の刀が木に当たって、深く食い込んでいた。
慌てて抜こうとするが、簡単には外れない。
与三郎はこれを狙って、木立が密集した場所へ敵を誘い込んだのだった。
敵は刀をあきらめ、脇差しに手を伸ばした。
だが、その前に与三郎が飛びかかっていた。
与三郎は敵を地面にねじ伏せると、首に腕を回してぐいぐいと締めあげた。
敵も必死に暴れたが、与三郎は渾身の力をこめ続けた。
次第に、敵の動きが鈍くなっていった。
そして、ついに敵は動かなくなる。
与三郎はゆっくりと体を起こした。
敵の顔色は土気色《つちけいろ》になっていて、息が絶えている。
だが、手当次第では息を吹き返すかもしれない。
そのとき、向こうから複数の追っ手がやってくる気配がした。
与三郎は急いで木に食い込んだ刀を抜いた。倒れた敵から鞘と脇差しも奪う。
顔を上げると、木々の間に新手《あらて》の影がちらりと見えた。
与三郎はふたたび逃げだした。

高い崖を迂回《うかい》するようにして、森のなかを奥へ奥へと進んでいく。

背後で追っ手たちが騒ぐのが聞こえた。倒れた仲間を見つけたのだろう。

「探せ、探せ！」

田代の怒声が伝わってくる。

しかし、追っ手はもう与三郎を完全に見失っていた。

後ろを振り返っても、敵の姿は見えない。

（逃げきれたか……）

与三郎がほっとして足をゆるめたときだった。

ふいに、前方に人影があらわれた。

「あっ」

与三郎は驚いて刀を抜こうとした。

相手も慌てて飛び下がる。

だが、すぐにふたりは見つめ合って動きを止めた。

「あ、あなたは……」

「おお、与三郎どの」

与三郎の目の前にいたのは、明智光秀だった。

驚いて、少し呆然としていると、光秀は微笑を浮かべて、

「ご無事のようでなによりです」

と言った。

それを聞いて、与三郎ははっと気づいた。

「もしや、先ほど馬が急に暴れ出したのは……」

「ええ、私が石を投げたのです」

あの何かを殴ったような音は、石が馬にぶつかる音だったらしい。

「それにしても、どうして明智どのがあそこに……？」

たまたま居合わせた、などという都合のいい話があるとは思えない。

「実は、与三郎どのが竹ヶ鼻城を出たときから、ずっと跡をつけていたのですよ」

「城から？」

「ええ。与三郎どのが捕らわれているように見えましたので、助ける機会をうかがっていたのです」

光秀はそう答えてから、ちらりと後ろを振り返り、

「さあ、ともかくこの場を離れましょう。追っ手がやってくるといけませんから」

「わかりました」

与三郎はうなずいた。

二

ふたりは四半刻（三十分）ほども森のなかを歩き続けた。

そして、森を抜けたところで足を止める。

振り返って様子をうかがったが、田代たちが追ってくる気配はなかった。

「もう大丈夫でしょう」

光秀がほっとしたように言う。

「明智どののお陰で助かりました。感謝いたします」

与三郎は深々と頭を下げた。

「いえ、今度は私が恩を返しただけのことです」

光秀は生真面目な顔で言った。

「しかし、明智どのはなぜ、竹ヶ鼻におられたのです？　奥方さまのもとへ急がれていたのではないのですか？」

「そのことですが……」

光秀は少しためらいを見せてから、

「与三郎どのにお詫《わ》びしなければならないことがありまして」

「と、いいますと？」

「妻が病に倒れた、というのは作り話だったのです」

「えっ」

「あの関所を抜けるために、与三郎どのを騙して、手を借りたというわけです」

「…………」

与三郎は思いがけない話に戸惑い、じっと光秀を見つめた。

「まさか、与三郎どのが脇差しまで手放すとは思ってもおらず、まことに申し訳ないことをいたしました。改めて、お詫びいたします」

光秀は深々と頭を下げた。

「もしかして、それを私に伝えるために、竹ヶ鼻まで来られたのですか？」

与三郎はたずねた。

「そうです。与三郎どのを騙したままではいけない、と思いまして」

「では、どうして関所を抜けなければならなかったのか、本当の理由を教えていただけますか？」

騙されていたと分かっても、不思議と怒りは湧かなかった。

それよりも、光秀が隠している事情に、強い興味がある。

「それは……」

光秀は一瞬ためらったが、すぐに、

「たしかに、そこまで話さなければ、与三郎どのも納得できないでしょうな」

「ええ」

「……実を言うと、私はいま、越前《えちぜん》の朝倉《あさくら》家に仕えているのです。そして、この度は、織田家との密約を取りまとめるため、尾張を訪れておりました」

「密約とは？」

「織田家が美濃へ攻め入ったとき、朝倉家は決して斎藤家に援軍を送らない、という約束です」

「それは……」

与三郎にとって衝撃的な話だった。

その密約が成立すれば、斎藤家は間違いなく滅びることになるだろう。

「この七年間、私はずっと亡き道三公の仇《かたき》を討つことだけを考えてきました。義龍が病死したとはいえ、今の斎藤家は道三公に反逆した者たちの集まりと言えましょう。やつらを倒すことで、私は復讐をなしとげることができるのです」

光秀の口調は静かだった。

だが、その眼差しには激しい感情がこもっていた。

「今、朝倉家のなかでは、斎藤家を助けるか、それとも織田家と手を組むかで、意見が分かれております。私は一刻も早く越前に戻って、織田家との密約が成立したことを報告し、家中の意見をまとめなければならないのです」

「……なるほど、よく分かりました」

「斎藤家に仕える不破家からすれば、私は敵ということになるでしょう」

光秀はそう言うと、身がまえながら一歩後退した。

「与三郎どのが私を討つというのなら、それもやむを得ません。ですが、私もここで死ぬわけにはいかない」

「私を斬るというのですか？」

「いえ、逃げさせてもらいます」

光秀の言葉に、与三郎は思わず笑みを浮かべて、

「ご安心下さい。明智どのと戦うつもりはありませんから」

「……それを聞いて、安心しました」

光秀が肩の力を抜くのが分かった。

「もとより、私も斎藤家に将来があるとは思っておりませんでした。不破家がこのまま仕えていたところで、ともに滅びるだけのことでしょう」

「そのこと、兄上の光治どのに言われましたか？」

「いえ、あいにくと、私はそのような立場にはないのです」

「ほう……」

光秀は首をかしげて、

「そういえば、先ほどあなたを捕らえていたのは、不破家の家臣でしたな。一体どのような事情があるのか、話してもらえませんか？」

と言った。

与三郎は迷った。

事情を話せば、家中の恥をさらすことにもなる。

（……だが、明智どのも、何より重大な秘密を明かしてくれたのだ）

自分もすべてを語るべきだろう。

「分かりました。では聞いていただけますか」

与三郎はこれまでの経緯を詳しく語って聞かせた。

光秀は真剣な顔で、じっと話に聞き入っていた。

やがて与三郎の話が終わると、

「……そうですか、通直どのが亡くなった後、あなたがそれほど苦労をされていたとは思いもしませんでした」

と光秀は言った。

「いえ、明智どのの困難にくらべれば、大したことではございません」

「しかし……」

そこで光秀は、ふと何かを思いついたように、しばらく考えてから、

「……与三郎どの。どうでしょう、いっそのこと私と一緒に越前に行きませぬか」

「えっ」

与三郎は思いがけない申し出に驚いた。

「不破通直どのの子息とあらば、朝倉家でも決して軽んじることはないでしょう。きっと与三郎どのにふさわしい身分で召し抱えてもらえるはずです」

光秀は熱心に言った。

「……それは、ありがたいお話です」

与三郎は素直に礼を言ってから、

「ですが、ここで美濃を去れば、私は敵に背を見せて逃げたことになってしまいます」

「………」

「私は西保城に戻り、黒幕の正体を暴いて討つつもりでおります。ですから、せっかくのお誘いですが、お断りせざるを得ません」

「そうですか、よく分かりました」

光秀はにこりと笑って、

「私はつまらないことを言ってしまったようです。どうか忘れて下さい」

「いえ、明智どののお心遣いには感謝の気持ちしかございません」

「では、名残《なごり》惜しいですが、ここでお別れということにいたしましょう」

「はい」

「与三郎どのが仇敵《きゆうてき》を見事に討ち果たされることを願っております」

「私も、明智どのの悲願が果たされることを祈ります」

「では、いつかまたお会いしましょう」

「ええ、きっと」

与三郎は光秀とじっと見つめ合って挨拶をかわした。

そして、ふたりはそれぞれ別の方角に向かって歩きはじめた。

三

与三郎は竹ヶ鼻城の近くまで戻った。

しかし、すぐには牛介の屋敷には向かわなかった。

（きっと岸たちも引き返してくるはずだ）

うかうかと歩き回っていては、すぐに見つかってしまうだろう。

　与三郎は田んぼのあぜ道を通り、百姓の家の庭をのぞいて回った。

　何軒目かをのぞいたとき、建物の縁側で中年の男が縄をなっているのを見つけた。

　与三郎は庭へ入っていき、男に声をかけた。

「ご亭主よ、ちょっとよいかな」

「へえ、なんでござりましょう」

「済まないが野良着と蓑《みの》をゆずってくれぬか」

「何にお使いなさる」

「荷物を馬で運んでいたのだが、縄がゆるんでいたせいで、荷が泥のなかに落ちてしまってな。拾い集めるための衣服がいるのだ。もちろん、ただでとは言わない」

　与三郎は懐に入っていた銭をすべて取り出した。

　それでも大した額にはならなかったが、野良着の代金には十分だろう。

「そんなら、わしらが荷運びの手伝いをいたしましょうか」

　男は銭を見て、たちまち愛想良くなった。

「いや、そこまでしてもらわなくてよい。ともかく、野良着と蓑だ」

「へえ、それなら」

　男は奥へ入っていき、しばらくして野良着と蓑をもってきてくれた。

　与三郎は銭を渡すと、部屋を借りて衣服を着がえた。刀は蓑でつつむ。

「そうだ。ご亭主、ついでにその笠もつけてもらえぬか」

与三郎は軒先に吊《つる》されていた日よけ笠を指さした。

「ええ、かまいませぬよ」

その笠をかぶって、与三郎はすっかり百姓姿になった。

家を出ると、あらためて牛介の屋敷に向かう。

遠くに屋敷の表門が見えてきたところで、与三郎は立ち止まった。

すぐそばを流れていた小川の土手に座り込む。

百姓がひと休みしているように見せかけながら、じっと屋敷を見張った。

ここから眺めるかぎりでは、屋敷には何の異変も見られなかった。出入りする人間はひとりもおらず、しんと静まり返った様子だ。

しかし、与三郎はその場から動かず、見張りを続けた。

日が大きく傾き、辺りが茜色《あかねいろ》に染まりかけた頃、屋敷に変化があった。

表門から次々と武士が出てきた。遠目にも田代たちであることが分かる。

(……やはり、なかで待ち伏せていたか)

いつまで待っても与三郎が現れないので、田代たちは諦めたらしい。城に向かって去っていく。

それから、ようやく与三郎は腰を上げた。

辺りはすっかり暗くなっている。
牛介の屋敷に着くと、裏の通用門からそっと忍び込んだ。
念のため、耳を澄まして建物のなかの気配をうかがう。
何の物音もしないのを確かめてから、裏口から建物へ上がり込んだ。
真っ暗な廊下を手探りで進んでいく。
これから、どこかの部屋に隠れて、牛介が戻ってくるのを待つつもりだった。
飯炊きの老婆の話からすると、牛介が今夜戻ってきてもおかしくない。
与三郎は中庭に面した部屋の戸を開けて、なかに入り込んだ。
蓑でつつんでいた刀を取り出してから、もとの衣服に着がえた。
暗闇のなかでじっと待つうちに、いつの間にか居眠りをしていたらしい。
はっと気づいたときには、すでに建物のなかに人の気配があった。
誰かが廊下を歩く足音が聞こえてくる。しかも、ひとりではなく複数人いるらしい。
与三郎はそっと刀を引きつけて、戸口までじりじりと近づいた。
引き戸をわずかに開けて、廊下をのぞき込む。
四つの黒い影が廊下を歩いているのが見えた。
四人は部屋のひとつに入り、しばらくして明かりが灯《とも》る。
「さあ、おぬしたち。掃除もゆきとどかぬ汚い屋敷じゃが、まあくつろいでくれ」

上機嫌の声が聞こえてきた。

「なに、なかなか立派な屋敷ではないか」

そう答える声があり、続けて、

「酒と女さえあれば、我らはどこであろうと極楽だわい」

と高笑いがした。

どうやら、牛介が仲間をつれて帰ってきたようだった。

どの声も荒っぽく、いかにも無頼の徒という感じだ。外でたっぷり酒を飲んできたようで、みんな口調が乱れている。

(面倒なことになったな)

牛介に仲間がいるとは思わなかった。

しかし、考えてみれば、牛介が忠次郎の屋敷を襲ったのなら、多額の金品を持ち去っているはずだ。その金をばらまくようにして飲み歩けば、すぐに取り巻き連中ができるだろう。

(さて、どうする……)

相手が四人となれば、うかつには踏み込めない。

もう少し様子を探ってみることにした。

気配を消しながら部屋を出て、じわじわと這うように廊下を進んだ。

牛介たちの部屋の隣室にたどり着くと、そうっと戸を開いてなかへ入った。

部屋の襖《ふすま》はあちこちが破れていて、隣室の明かりが差し込んでいた。

その穴のひとつをのぞき込む。

十帖ほどの広さの部屋に、四人の男たちが座っているのが見えた。

それぞれ、膝元に大徳利をひきつけて、盛んに飲んでいる。

（……やつだな）

一番年配の、五十歳ほどに見える男が牛介だろう。戦場での傷なのか、右耳の上半分がなくなっている。

牛介は長年酒と博打におぼれる暮らしをしてきたせいか、でっぷりと太っていた。

その細い目はぎらついていて、いかにも凶暴そうだ。

他の三人は、いずれも骨太でたくましい体つきだった。足軽を稼業としているのか、刀槍《とうそう》の傷跡が残っている。

「ところで、おぬしたちに相談があるのだがな」

ふと、牛介が前のめりになって言った。

「なんだ、何でも言ってくれ」

「我らは知り合ったばかりで、互いの素性もよくは知らぬ。だが、きっと武家奉公をしながらも主人に恵まれず、各地を転々としている者ばかりじゃろう」

「うむ……」

賑《にぎ》やかだった声が、少し静まる。

「そこでじゃ、この際、主人に仕えるのなどはやめて、我らで党を組まぬか？」

「党？」

「そうだ。そして、そこらの名主の屋敷へかたっぱしから押し込み、荒稼ぎするのよ」

「ほう……」

「わずかな給金のために命を張るくらいなら、野盗稼業の方がよほど面白おかしく暮らせるぞ」

「だが、そのように派手な真似をしていれば、すぐに討伐の兵がやってくるのではないか」

「なあに、どうせ来年になれば、この辺りにも織田の軍勢が攻め寄せてくるはずじゃ。城の連中も、我らを追い回すどころではなくなるわ」

「ふうむ……」

仲間たちは、牛介の提案に心を動かされている様子だった。

「しかし、仲間で党を作るにしても、首領がいるだろう。誰がなる？」

「それはもちろん、このわしじゃ」

「牛介どのが？」

「不服か？」

「というわけではないが、もう少し相談して……」

「では、おぬしたちにわしの素性を明かしてやろう。……実はな、わしは赤座《あかざ》党の生き残りよ」

「えっ」

　男たちは驚きの声を上げた。

（まさか……！）

　与三郎にとっても、思いがけない話だった。

　西美濃の住人であれば、赤座党の名を知らない者はいないだろう。

　十年ほど前に、この辺りを荒らして回った野盗集団で、最盛期には二百人近い人数にふくれあがっていたという。首領が赤座五郎左衛門《ごろうざえもん》という男だったため、赤座党とよばれていた。

　赤座党は神出鬼没にあらわれては村を襲い、多くの住人を殺し、女たちを奴隷としてつれさった。その残酷非道なやり口に、庶民たちは恐怖で震え上がったものだ。

　赤座党は数年にわたって暴れ回ったが、最後には当時の国主であった斎藤道三によって討伐された。

捕らえられた賊はことごとく処刑され、首領である五郎左衛門の首は稲葉山城下にさらされたと聞いている。

「どうじゃ、そう聞けば、わしほど首領にふさわしい男もおるまい」

牛介が得意げに言うと、男たちも恐れ入ったように、

「では、これからは牛介どのを我らが頭としよう」

と応じた。

(そうか、そういうことだったのか)

牛介が赤座党に入っていたからには、忠次郎もまた、その一味だったに違いない。

ふたりがなぜ人目を避けて、山中の社で会ったのか。

それは、決して人に知られてはならない過去があったからだ。

牛介たちはどんどん酒をあおりながら、これからの計画について話し合った。

計画といっても、ほとんど酔っぱらいのたわごとのようなもので、現実離れした話ばかりだった。それでも、この連中が大勢の罪のない民を殺して回るつもりなのは確かだった。

「よいか、何より肝心なのは我らの正体を知られぬようにすることじゃ。そのためには、我らを目にした者はことごとく殺さねばならぬ。女だろうが赤子だろうが容赦してはならぬぞ」

「ほうほう、なるほど」

牛介の言葉に、三人は感心したように声を上げていた。

（こやつらは、生かしておいても世の害毒にしかならぬ連中だ）

与三郎の胸に怒りが込み上げてくる。

もう少し待てば、連中は酔い潰れてしまうだろう。そこを踏み込み、まとめて始末することにした。

ところが、そこで思いがけないことが起きた。

ふいに、部屋のすみで女の悲鳴が上がったのだ。

「おお、目を覚ましたか」

男のひとりがにやにやと笑い、声の方へ這っていく。

今まで気づかなかったが、牛介たちはどこかから女をさらってきていたらしい。

男が抱えおこしたのは、十七、八に見える若い娘で、手足を縛られていた。

「こ、ここはどこでございますか？」

娘は恐怖にふるえながら言った。

「わはは、どこでも良いではないか。極楽になるか地獄になるかは、おまえ次第よ」

男はそう言いながら、娘の体を撫《な》で回した。

「や、やめてください」

娘が抵抗したとたんに、男は娘の頬を殴りつけた。

「きゃあっ」

娘は悲鳴を上げて横倒しになる。

男は娘に馬乗りになると、

「いいか、女を抱くのも、痛めつけるのも、おれにとっては同じ楽しみだ。切り刻まれたくなければ、大人しく言うとおりにしろ！」

と怒鳴りつけた。

娘は半分失神したように、ぐったりとする。

「おいおい、少し落ち着かぬか。わしらが楽しむ前に、おぬしに壊されてはたまらぬ」

「そうよ、せっかくの酒の肴《さかな》じゃ」

「なぶりつくした後ならば、我らの門出を祝して血祭りに上げるのもよいかもしれぬがな」

男たちは一斉に笑った。

こうなると、牛介たちが酔い潰れるのを待ってはいられない。

いますぐ娘を助けてやらなければ、どんな目にあわされるか分からなかった。

与三郎は気配を殺して、廊下へ出た。

素早く中庭へ下りる。

手探りで握り拳ほどの大きさの石を見つけ、拾い上げた。

しばらく呼吸をはかってから、中庭の向こう側の廊下に石を投げた。

石は戸板にぶつかって、大きな音をたてる。

「なんじゃ！」

「誰ぞおるのか！」

男たちが慌てて廊下へ飛び出してきた。

与三郎は地面に伏せて、じっと息を殺した。

「……おい、誰か様子を見てこい」

牛介が命じると、男のひとりが刀を抜いてかまえ、そろそろと廊下を進んでいった。

男は石のぶつかった戸板の前に着くと、

「暗くて何も分からぬ。明かりを持ってきてくれ」

と頼んだ。

仲間のひとりが、部屋に置かれていた灯明皿を台ごと運んでいく。

ちょうど牛介たちが二手に分かれた形になった。

（いまだ）

与三郎は身を起こした。

無言のまま廊下へ跳び上がる。

「な、なんだ!」

近くにいた男が慌てて刀を抜こうとした。

だが、その前に与三郎が刀を一閃《いっせん》させた。

「ぎゃあああ!」

肩から胸までを深々と斬り下げられて、男は倒れた。

「ひいっ」

隣にいた牛介は腰を抜かして、廊下にへたり込む。

「おのれ、何者だ!」

仲間二人がこちらへ駆けてくる。

与三郎もさっと駆け出して迎え撃った。

先頭の男が斬り下げてきた刀を撥ね上げ、返す刀で喉を断ち切った。ぐえっという呻《うめ》きを上げ、男は前のめりに倒れる。

後ろにいた男は、刀を水平に払った。与三郎は右膝をついてかわすと、ざくりと男の右膝を割った。

「うおっ」

男はたまらず前によろめく。

与三郎は前に跳んで男とすれ違うと、振り向きざまに男の背中を斬り下ろした。

「ぎゃっ！」

男はどさりと中庭に落ちた。

そのままぴくりとも動かなくなる。

瞬く間に三人を仕留めてから、与三郎は息を吐いた。

懐から手拭いを取り出し、刀についた血を拭きとって鞘におさめる。

（……さて、牛介は）

振り返ってみると、牛介は懸命に床を這いながら裏口へ逃げようとしていた。

与三郎は廊下に置かれていた灯明台をつかむと、牛介のもとへ歩み寄った。

牛介は振り返って、手にした刀を抜こうとした。

だが、与三郎が腕を蹴飛ばすと、刀はあっさりと床へ転がり落ちた。

「お、おまえは何者だ？」

牛介はぜいぜいと喘《あえ》ぎながらたずねてくる。

「私は、不破太郎左衛門尉《たろうざえもんのじよう》の弟、与三郎だ」

「げえっ」

牛介は目を剝いた。

「おまえは赤座党の残党らしいな。してみると、死んだ忠次郎も仲間のひとりだったたのだろう」

「………」

「おまえたちは赤座党が壊滅したとき、運良く逃げのびることができた。そのとき、根城にたくわえられていた財宝を持ち出したのだな？」

与三郎がそう言っても、牛介は死人のように青ざめた顔で黙り込んだままだった。

「おまえは、この十年でその金をすべて使い尽くした。ところが、忠次郎の方は名主にまで成り上がっていた。それを知ったおまえは、忠次郎のもとを訪れて金を借りようとした。だが、断られたので一家を皆殺しにして金を奪った。違うか？」

「……ち、違う！」

牛介はがばっと顔を上げた。

「どう違うというのだ」

「忠次郎に金を借りに行って断られたところまでは、その通りだ。だが、あいつを殺したのはわしじゃねえ」

牛介は噛みつくような顔で言った。

四

「では、誰が忠次郎を殺したのだ」

与三郎はたずねた。

「四、五人の武士だ。やつらが屋敷を襲って、忠次郎たちを殺したんだ。わしはその後で、金目のものを盗んだだけだ」

「そんな嘘で、誤魔化せると思っているのか？」

「違う、嘘じゃねえ」

牛介は、血走った目で与三郎を睨むと、

「わしはさんざん人を殺してきたが、昔の仲間を金目当てで殺したりはしねえ」

「………」

与三郎は迷った。

（まるきりの嘘でもないようだが……）

どうせ牛介は赤座党の残党というだけで処刑されるのだ。忠次郎殺しの罪だけを免れたところで意味はないはずだった。

「では、あの夜、何があったのかを言ってみよ」

「わしは忠次郎に借金を断られた後、もう一度だけ頼んでみようと屋敷まで行った。そのとき、母屋のなかで争うような物音がするのに気づいたんだ。女の小さな悲鳴も聞こえた。夫婦喧嘩《げんか》にしては、忠次郎の声がしないのはおかしい」

「それで、どうした？」

「縁の下に潜り込んで、様子を窺《うかが》ってみることにした。すると、何人かの男たちの声が聞こえてきたのだ」

「何を話していた？」

「どうやら忠次郎は、城の重役に賄賂をおくっていたらしい。その証拠になるものが残っていないか、探すようにと命じるのが聞こえた」

「重役に賄賂を……」

与三郎は少し考えてから、

「その重役というのが誰か分かるか？」

「後で連中が引きあげるときに、『早く岸さまへ報告するぞ』と言うのが聞こえたわい」

「岸だと⁉」

与三郎は思わず声を上げた。

（なるほど、そういうことだったのか）

事件の裏側がはっきりと見えた気がした。

忠次郎が長年にわたって高利貸しで領民を苦しめていたにもかかわらず、役人が見過ごしていたのは、岸へ賄賂をおくっていたからなのだ。

だが、円了によって忠次郎の悪行が光治の耳に入ってしまった。

もし忠次郎が城へ呼びだされ、厳しく尋問されることになれば、岸が問題を揉み消してきたことが明らかになるだろう。

そこで岸は、刺客を送って忠次郎の口を封じたのだ。

それだけでなく、その罪を与三郎に着せるための細工までした。

（そうか、すべての黒幕は岸だったのか）

ただ、ひとつ分からないことがある。

なぜ、岸は与三郎を陥れようとしたのだろうか。

岸は家老であるとはいえ、不破家の後継者争いには関わりのない立場であるはずだ。

今回の一件の裏には、まだ何かが隠されているのかもしれなかった。

与三郎はじっと思案にふけった。

そのせいで、隙が生まれてしまう。

ふいに牛介が動いたとき、反応が遅れた。

「この野郎が！」

牛介は両腕を伸ばして、与三郎の腰に抱きついてきた。

巨体であるだけに、雄牛のような凄まじい力だ。

与三郎は床に押し倒された。

牛介は与三郎の上にのしかかると、両手で首をつかんでぐいぐいと締め上げてくる。

与三郎は懸命に手にした刀で刺そうとした。

だが、牛介はそれに気づくと、膝で与三郎の腕を押さえつける。手から刀が転がり落ちた。

与三郎の意識が薄れ始めた。

(いかん、このままでは……)

そのとき、牛介の顔の向こうに、灯明台が見えた。

(そうだ、あれを)

与三郎は最後の力をふりしぼって、足を伸ばした。

つま先が灯明台の脚を探り当てると、思いきり蹴飛ばす。

台が倒れ、灯明皿の油が牛介の背中に降りかかった。

「うわわっ!」

牛介の背中が燃え上がる。

腕の力がゆるんだ隙に、与三郎は牛介の肘をつかんだ。親指で急所をぐっと押す。

「痛だだだだ」
牛介は悲鳴をあげて暴れた。
与三郎は素早く牛介の体の下から抜け出た。
転がっていた刀をつかみ、振り上げる。
「うわあ！」
逃げようとする牛介の首筋を、鋭く峰打ちした。
ひと声呻いて、牛介は気を失った。どたりと横倒しになる。
与三郎はげほげほと咳《せ》き込み、痛む喉を手で押さえた。
（危うく喉を潰されるところだった）
しばらく荒い呼吸をくり返す。
やがて、息が整ってきた。
与三郎は刀を鞘におさめて、倒れた牛介を見た。
（こやつを兄上の前に引き出せば、岸の陰謀を暴くことができるはずだ）
ついに希望が見えて、与三郎の胸は弾んだ。
しかし、気を抜くのはまだ早かった。やるべきことはまだ残っている。
まず、牛介の懐を探って、入っていた金を取り上げた。
（これで、旅の費用に困ることはないだろう）

それから、牛介たちがいた部屋に入った。

囲炉裏の火が、部屋のすみに転がった娘をぼんやりと照らす。

娘は恐怖に目をつり上げて与三郎を見つめていた。

「心配するな、私は味方だ。先ほどの男たちは全員片づけた。もはやそなたに危害をくわえる者はおらぬ」

優しく語りかけながら、与三郎は娘をしばった縄をほどいてやった。

「あ、ありがとうございます」

娘はようやく安心したようだった。

「そなたは何者だ？」

「わたくしは、たつと申します。城下の宿で働いております」

たつは色白でふっくらした美しい娘で、物腰に品があった。宿で働くといっても、奥向きの女中か何かだろう。

「どうしてこのような目にあわされたのだ？」

「それが、主人の使いをして帰る途中、先ほどの男たちにからまれまして。どうにかして逃げようとしたところで、急に気を失ってしまったのです」

「きっと当て身をくらわされたのだろうな」

何の関係もない娘を、たまたま出くわしたというだけで連れ去るとは、非道にもほどがある。

「宿ではさぞ心配しているだろう。ひとりで帰れるか？」

「いえ、夜道をひとりで行くのは恐ろしゅうございます」

「そうか。では、ここで夜明けまで待つがよい」

与三郎はほどいた縄を手にして立ち上がった。

牛介のところへ戻ると、手足をかたく縛り上げた。

（しかし、こやつをどうやって西保城まで運んだものか）

牛介は赤座党の残党として死罪になるのは間違いない。当人もそれが分かっているのだから、必死で逃げる隙を見つけようとするだろう。

与三郎がじっと考えていると、ふいに、

「あのう」

と声をかけられた。

与三郎は驚いて飛び下がる。

だが、声をかけてきたのがたつだと分かり、刀にかけた手を下ろした。

「なんだ、そなただったか」

「驚かせて申しわけございません」

「いや、ぼんやりしていたこちらが悪いのだ。それより、私に何か用か？」

「はい、それが……」

とたつは恥ずかしげにうつむいて、

「厠《かわや》をお借りしたいと思いまして」

「私にいちいち断ることはない。勝手に使ってくれ」

「ですが、どこにあるのかも分からず、ひとりで探しにいくのは恐ろしいものですから……」

「ああ、そうか」

屋敷のなかは真っ暗なうえ、荒れ放題だ。若い娘が恐れるのも当然だろう。

「よし、分かった。一緒に探そう」

「ありがとうございます」

たつはほっとしたように、頭を下げた。

与三郎は灯明台を手にすると、たつと一緒に廊下を歩き出した。

しばらくして、厠が見つかった。

「私はそこの廊下の角にいるからな」

与三郎はたつに灯明皿を預けて、廊下で待つことにした。

ふたたび思案に戻った与三郎は、暗闇をじっと見つめるうちに、ふと妙案を思いついた。

（……よし、この手しかあるまい）

やがて、たつが厠から戻ってきた。

「お待たせいたしました」

恥ずかしげにうつむいて言う。

「うむ。では、戻ろうか」

与三郎は灯明台を受けとって、廊下を引き返した。

先ほどの部屋に着くと、与三郎はあらためてたつと向き合った。

「さて、おたつ。もう半刻（一時間）もすれば、夜も明けるであろう。それから家へ戻るがよい」

「あなたさまはどうなさるのです？」

「私にはこれから、行かねばならぬところがある。そなたを城下まで送ってやりたいが、そうもいかない。悪いが、ここで別れを言わせもらうぞ」

「あの、それでは、せめてお名前をお聞かせ願えませんでしょうか」

「なに、名乗るほどの者ではない。では、達者でな」

「あ、お待さま……」

たつが呼びとめようとするのを振りきって、与三郎は部屋を出た。

廊下に転がっていた牛介を、手近な部屋に放り込んでおく。

それから、与三郎は屋敷を出ると、城の方に向かった。

（さて、馬借《ばしゃく》〔輸送業者〕はどの辺りにあったかな）

確か、城下町のすぐ近くの街道沿いに、何頭も荷馬をつないだ建物があったはずだ。

巡回する兵士たちに見つからないよう、注意して進んでいく。

やがて、前方にそれらしい建物を見つけた。

夜明け前に出発する一隊がいるらしく、馬のいななきや人夫たちのかけ声が聞こえてくる。

与三郎は建物のそばまで行くと、人夫のひとりに声をかけた。

「済まぬが、馬借頭がどこにいるか教えてくれぬか」

「頭なら、あれさ」

人夫は建物の上がり口を指さした。

そこには大柄な年配の男が座っていて、人夫たちの働きぶりをじっと睨んでいた。

与三郎は忙しく行き来する人夫たちを避けながら、頭のもとにいった。

「今からひとつ運んでもらいたいものがあるのだが」

そう声をかけると、頭はじろりと与三郎を見た。

「残念だが、今日はもう手一杯だ。明日にしてくんな」

「大きな荷ではない。手紙を一通届けて欲しいだけだ」

「どこへ届けたい？」

「菩提山城主の、竹中半兵衛さまのところだ」

こうなれば半兵衛の力にすがろう、というのが与三郎の思いついた手だった。

半兵衛は、何かあれば力を貸すと約束してくれた。決して口先だけのいい加減なことを言う人でないはずだ。

「あいにくと、菩提山へ立ち寄る予定の荷馬はなくてな」

頭はむっつりした顔で言う。

「では、近くを通りかかる荷馬隊があれば、人夫をひとり、城まで使いにやってもらえぬか。手紙一通だからといって賃金を値切る気はない。そちらの言い値で払おう」

「そういうことなら、引き受けてやらなくもねえ」

頭はにやりと笑った。

請求された額は、大きな行李《こうり》を四つも運ぶほどの高値だった。しかし、与三郎は文句も言わずに支払った。

「それじゃあ、手紙を預かろうか」

「いや、手紙はこれから書く。済まぬが、筆と紙を借りたい」

「いいだろう」

頭は近くにいた小僧を呼びつけ、筆と紙を用意するよう命じた。

与三郎は奥の一室を借りて、手紙を書いた。

これまでの事情を説明し、牛介を西保城に護送するため十人ほどの兵士を派遣してほしいとたのんだ。

手紙を書き終えると、改めて馬借頭に渡した。

「よろしく頼むぞ」

「おう、引き受けた」

与三郎は建物を出て、牛介の屋敷に引き返した。

屋敷に戻ったときには、すっかり夜が明けていた。

辺りの田圃では、百姓たちが野良仕事にはげんでいる。

裏手の門から屋敷へ入ると、念のため、建物のなかの気配をうかがってから、裏口からそっと上がり込んだ。

まずは、たつがいた部屋をのぞいてみる。

しかし、たつの姿はもうなかった。言われたとおり、夜明けとともに宿へ帰ったのだろう。

つぎに、与三郎は牛介の様子も見ておくことにした。

(……なに⁉)

戸を開けた瞬間、与三郎は愕然《がくぜん》とした。

牛介の姿もまた、消え失《う》せていたからだ。解かれた縄だけが床に転がっている。

（こ、これはどういうことだ）

慌てでなかに飛び込んで、室内を見回す。

だが、やはり牛介はどこにもいなかった。

与三郎は全身の血の気がひくのを感じた。

（まさか、ほかにも仲間がいたのか？）

ともかく、一刻も早く牛介を探し出し、ふたたび捕らえなければならない。

与三郎は部屋を飛び出して、表門へ向かおうとした。

ところが、そこでまた与三郎は驚くことになる。

（あれは……牛介？）

中庭に、肥えた死体が転がっていた。首が切り落とされている。

与三郎は急いで中庭に下りてみた。

すると、庭のすみに生首が転がっていた。

近づいて確かめると、それは間違いなく牛介の首だった。凄まじい形相をうかべている。

（いったい、何があったというのだ）

呆然として牛介の生首を眺める。

そのとき、かたりと物音がした。

五

与三郎は慌てて身がまえ、刀に手をかける。
足音を忍ばせて廊下へ上がり、物音が聞こえた方向へ進んだ。
しばらくして、また同じ音がした。誰かが建物のなかにひそんでいるのは間違いない。
与三郎は動きを止め、じっと聞き耳を立てた。
やがて、廊下のむこうの部屋に、ひとの気配を感じとった。
ゆっくりとその部屋に近づいていく。
戸の前に着くと、与三郎は右手で刀の柄をにぎった。
そして、左手を戸にかけ、一気に引き開ける。
「きゃっ!」
若い女の悲鳴が上がった。
見ると、床にうずくまっていたのは、たつだった。
「あっ、お侍さま」

たつは与三郎の顔を見ると、ほっとしたように言った。

「おたつ、そなた宿へ帰ったのではなかったのか？」

「いえ、やはりもう一度お侍さまにお礼を申し上げようと、待っていたのです」

たつはよろよろと立ち上がり、与三郎のもとへやってきた。よほど恐ろしい目にあったのか、蒼白《そうはく》な顔をしている。

たつがふらりとよろめいたので、与三郎は急いで抱きとめた。

「では、ここで何があったのか、そなた知っているのだな？」

「はい」

たつはうなずいて、恐怖の体験を語りはじめた。

たつが与三郎の帰りを待っていると、空が白んできた頃に、玄関の辺りで人の話し声がした。

牛介たちの仲間がやってきたのかと思い、たつは急いで空き部屋に隠れた。

それからしばらくして、建物へ誰かが入り込んでくる気配がした。

何かを探すように、あちこち歩き回っていたが、やがて驚きの声が上がった。

「直《なお》さま、死体が転がっておりますぞ」

若い男の声だった。

「源七郎《げんしちろう》、どこじゃ」

若い女の声が応じた。

「中庭にございます」

男がそう答えると、少ししてから、

「あっ」

と女も驚くのが聞こえた。

「源七郎、そのなかに牛介はおるか?」

「……いえ、三人とも、牛介ではないようです。やつの仲間でしょうか」

「ともかく、もう少し探してみよう」

どうやらふたりは主従のようだった。直と呼ばれた女が主人で、源七郎という男が従者なのだろう。

「あ、ここにおりました!」

やがて、源七郎が牛介を発見したらしかった。

たつは恐怖に震え上がりながらも、そっと戸の隙間をのぞき込んだ。

うす暗がりのなかに、廊下にいる直と源七郎の姿がぼんやりと見えた。

ふたりとも旅装束のようで、源七郎は腰に刀を差しているところから、武士であることが分かった。

源七郎は牛介の体を中庭の方まで引きずっていった。そこが一番明るいからだろう。

「……間違いありません、この男が牛介にございます」

「まだ息があるのか？」

「はい。気を失っているだけのようです」

「いったい、誰がこのようなことをしたのだろう」

「さあ……もしかすると仲間割れでも起こしたのかもしれませぬな」

「いずれにしろ、牛介を生きて捕らえられたのは、我らにとって幸いじゃ。さあ、目を覚まさせよ」

「はっ……おい、起きろ！」

源七郎は怒鳴りつけた。

それでも牛介は目を覚まさなかったのか、今度は胸ぐらをつかんで引き起こし、頬を叩いた。

「……うっ、な、なんじゃ！」

牛介のうろたえた声がひびいた。

「おまえは、関川牛介だな？」

胸ぐらをつかんだまま、源七郎が問う。

「誰だ、おぬしは。与三郎の仲間か？」

「さあ、そんな男は知らぬ。ともかく、おまえが牛介ならば聞きたいことがある」

「な、なんだ」

「赤座党にいた頃の仲間について、知っていることをすべて喋《しゃべ》ってもらうぞ」

「……ふん、何のことだか」

「とぼけるか。まあ、好きなだけとぼけるがいい。おまえの苦しみが増えるだけのことだからな」

源七郎は冷ややかに言って、直の方を見た。

「……やれ」

直がそう命じると、源七郎は脇差しを抜いた。

そして、何のためらいもなく、その切っ先を牛介のふとももへ突き立てた。

「ぎゃあああぁぁ！」

牛介の絶叫がひびいた。

たつは恐ろしさのあまり、気が遠くなった。

もはや戸の隙間をのぞいていられず、床に伏して耳をふさぎ、何もかもが早く終わってくれることをひたすら願った。

それからも、凄惨な拷問は続いたようだった。

どれくらい経っただろう。

ふと、たつが気づいたときには、屋敷のなかは静まり返っていた。

直と源七郎は立ち去ったようだったが、部屋を出てそれを確かめる勇気はなかった。

そして、じっと床にうずくまっているうちに、与三郎が戻ってきたというわけだった。


（いったい、そのふたりは何者なのだろう）

与三郎にはまるで心当たりがなかった。

ともかく、牛介を殺されたせいで、岸を追い詰めるどころか、身の潔白を示すこともできなくなってしまった。

（ここまできて、まさかこのようなことになるとは……）

与三郎は目の前が暗くなるような思いがした。

だが、すぐに気持ちを切り替えて、

「そのふたりがどこへ去ったか、手がかりはないか？」

とたずねた。

たつはしばらく考えて、

「耳をふさいでおりましたので、話はほとんど聞こえておりませんでしたが、ただ、『宮田村』という名前が出たような気がいたします」

「なに、まことか?」

思いがけない話に、与三郎は驚いた。

もしふたりが宮田村に向かったのなら、すぐに後を追わなければならなかった。

彼らの正体を明らかにし、牛介を殺した理由を聞き出すのだ。そうすれば、次に打つ手も見えてくるかもしれない。

「おたつ、私はもう行くが、そなたも一緒に来るか？」

「は、はい。お願いいたします」

与三郎はたつをつれて屋敷を出た。

しばらく道を進むうち、大きな百姓家の庭に、品のある老人がいるのを見つけた。

身につけた衣服も小ぎれいなものだ。名主の隠居かもしれない。

「ご老人、ちょっとよろしいか」

与三郎が庭に入って声をかけると、

「なんでございましょう」

と老人は丁寧にこたえた。

「この家に筆と硯《すずり》があれば、お借りしたいのだが」

「よろしゅうございますとも」

老人はこころよく応じて、

「ささ、どうぞこちらでお待ちください」

と与三郎たちを部屋に上げてくれた。

すぐに若い女房が白湯《さゆ》を運んできてくれる。

しばらくして、老人が筆と硯に紙をそえてもってきた。

「どうも、お待たせいたしまして」

「やあ、済まぬな」

与三郎はさっそく半兵衛にあてた手紙を書きはじめた。

状況が変わったことを説明し、兵の派遣が無用になったことを伝える。そして、またあらためて連絡すると書いた。

「ご老人、重ねて面倒をたのむが、この手紙を菩提山城へ送ってもらえぬだろうか」

「菩提山城へ……」

「それと、この娘を城下まで送ってやってほしいのだ。これは、その礼金だ」

与三郎は金を懐紙につつみ、手紙と一緒に差し出した。

「分かりました。お引き受けいたしましょう」

「済まぬ、助かる」

与三郎は頭をさげて礼をいうと、

「それでは、私はこれで失礼する」

と立ち上がった。

「あ、お侍さま」

たつが慌てて与三郎を呼びとめ、

「まだ何のお礼もしておりませぬのに」

「礼など、無用のことだ」

「では、せめて、つぎに竹ヶ鼻へいらっしゃることがあれば、わたくしの宿へお立ち寄りくださいませ。有馬屋《ありまや》と申します」

「分かった、そうさせてもらおう」

与三郎が笑顔でうなずくと、たつもほっとしたように笑みをうかべた。

百姓の家を出た与三郎は、表情を引き締めた。

宮田村に向かうということは、不破家の領地に入り込むということだ。

いまの与三郎にとっては、敵地に潜入するのと同じくらい危険なことだった。

(しかし、他に道はないのだ)

与三郎は覚悟を決めて歩き出した。

六章　復讐の刃

一

きねが自宅の裏で薪《まき》を割っていると、父親の松吉《まつきち》が帰ってきたのが見えた。

だが、松吉はすぐには家に入らず、きょろきょろと辺りを見回している。

「おっ父《とう》、どうしたの？」

きねが呼びかけると、

「……いや、そのへんに怪しいやつがいねえかと思ってな」

と松吉は答えた。

怪しいやつ、というのが誰のことなのか、きねにはすぐ分かった。

（与三郎《よさぶろう》さま……）

不安で胸が苦しくなる。

三日前、お城の役人が村にやってきた。そして、与三郎を罪人として手配する、というお触れを出した。忠次郎《ちゆうじろう》一家を殺害したのはやはり与三郎で、追っ手から逃れてどこかへ身を隠したのだという。

もし与三郎を発見すれば、ただちに捕らえて城へ差し出すように、と役人は命じた。そうすれば褒美も出るそうだ。

「逆に、与三郎さまをかくまったりすれば、その者は磔《はりつけ》じゃ。よいな」

役人が脅すのを聞いて、村の女たちは青ざめたものだった。

もちろん、きねもそのうちのひとりだ。

(与三郎さまが賊だったなんて、嘘《うそ》に決まってる)

そう信じてはいたが、大きな声で主張することもできなかった。

「さっき辰次《たつじ》に会ったんだが、村のはずれで侍らしい姿を見たと言うんだ」

松吉の言葉に、きねはどきりとした。

「おっ父、それ、本当なの？」

「さあ、辰次の野郎は川で魚がはねても、河童《かつぱ》が出たと騒ぐようなうっかり者だ。どこまであてになるかは分からねえ」

「そう……」

「だが、あのお侍さまがこの辺りにいたとしてもおかしくはねえんだ」

松吉はこわばった顔で言うと、

「いいか、おめえも、もしお侍さまを見かけることがあれば、すぐにわしに知らせるんだぞ」

ときねを横目で睨《にら》んだ。

「………」

「どうした、返事をしねえか」

松吉は苛立《いらだ》ったように、

「まさかおめえも、ほかの女衆たちのように、あのお侍さまに妙な肩入れをしているんじゃあるめえな」

「それは……」

「そりゃ、あの方が悪い人じゃねえことは、わしだって分かっている。だが、うっかりかかわれば、どんなとばっちりを喰《く》うか分かったもんじゃねえんだぞ。下手をすりゃ、一家そろって打ち首なんてことになるかもしれねえ」

松吉の目にはおびえが浮かんでいた。

「……分かった、何かあったらすぐおっ父に知らせる」

きねはそう答えるしかなかった。

その日の夕飯の席で、父と母は与三郎についての噂《うわさ》をあれこれと語り合った。

「孫八《まごはち》どんは、明日から村の若い衆をあつめて、見回りをはじめるそうだ」

「もしお侍さんを見つけたらどうするんだい？」

「そりゃ、おめえ、大人しく捕まればよし、さもなくば……」

「いやだよ、そこまですることはないだろ」

「若い衆のうちには、褒美が目当てで張りきってるのもいるんだ。ほれ、例の弥五郎《やごろう》なんぞもよ……」

きねはそんな話から耳をふさぎたい気分で、黙って粥《かゆ》をすすっていた。

翌朝、きねは朝食の片づけをした後、ひとりで川へ行って洗濯をすることにした。

「おきね、何かあったら、すぐに大声でひとを呼ぶんだぞ」

松吉にそう念をおされる。

河原へ着くと、まだ他の女房たちの姿はなかった。

川のほとりまで行ったきねは、籠を下ろしてさっそく洗濯をはじめようとした。

そのとき、ふいに思いがけない声を聞いた。

「おい、おきね」

はっとして立ち上がり、辺りを見回す。

（今のは、与三郎さまの声……？）

だが、見わたすかぎり河原に人影はなかった。

（空耳だったのかしら）

そう思ったとき、ふたたび、

「おきね、こっちだ」

という声がした。

見ると、対岸の葦《あし》の茂みのなかで、与三郎がちらりと顔をのぞかせていた。

一瞬、きねは幻でも見ているのかと思った。

だが、間違いなくそこに与三郎がいて、手まねきしていた。

きねは急いで洗濯ものを籠につめ込み、川の浅瀬をわたった。

茂みのなかで顔を合わせると、

「おきね、いきなり済まなかったな」

と与三郎はわびた。

「どうしてこんなところにいるのですか？」

「おまえに会うために、待っていたのだ」

「わたしに……」

きねはまだ状況がよく飲み込めず、胸がどきどきするばかりだった。

「あの、そのお姿は？」

きねは、与三郎の姿がぼろぼろになっているのに気づいた。

「関所を避けようとして、山を登ったり谷を渡ったりしたのだが、なんどもすべり落ちてしまってな」

与三郎は苦笑いをして言った。

「ご苦労なさったのですね」

そっけない言い方になってしまって、きねは自分に腹が立った。

どれだけ与三郎のことを心配していたか、無事でいてくれたことが嬉《うれ》しいか、ちゃんと気持ちを伝えたいのに、うまく言葉にすることができない。

「突然のことで、迷惑なのは分かっている。だが、いまの私が頼れるのは、そなただけなのだ」

与三郎はじっときねを見つめて言った。

（頼れるのは、わたしだけ……）

その言葉が、きねの心を幸せで痺《しび》れさせた。

「め、迷惑だなんて、とんでもないです。わたし、与三郎さまのためなら何でもいたします。何をいたしましょう」

きねは慌てて言った。

「ありがたい。では、領内がいまどうなっているのか、知っているかぎりのことを教えてもらえないか」

「はい」

きねは、城の役人のお触れのことなどを、くわしく話した。

「なるほど……」

与三郎はじっと思案する。

「……あの、わたしの方からもおたずねしてよろしいですか?」

「何を聞きたいのだ?」

「与三郎さまがどうして追われる身になってしまったのか、知りたいんです」

「そうか、気になるのは当然だな」

与三郎はうなずいて、これまでの事情を語ってくれた。

きねは熱心に話に聞き入っていたが、途中、ふと引っかかることがあり、

「……ちょっとよろしいでしょうか」

と思わず口をはさんだ。

「どうした?」

「いま、牛介《ぎゅうすけ》という男を殺した男女が、宮田《みやた》村に向かったかもしれない、とおっしゃいましたね」

「ああ、そうだ」

「もしかしたら、わたし、そのふたりを見たかもしれません」

「なに⁉」

与三郎は驚いてきねの両肩をつかみ、

「いつ、どこで見たのだ？」

「あれは、一昨日《おととい》、わたしがお屋敷の庭で草むしりをしていたときのことです」

きねはそのときのことを思い出しながら語った。

二

「そこの娘、この屋敷の主人はおられるか」

そう声をかけてきたのは、若い武士だった。

その後ろには、つれの若い女がいた。

どちらも初めて見る顔だったので、きねは戸惑いながら立ち上がり、

「主人といいますと、平太郎《へいたろう》さまのことでございますか？」

とたずねた。

「平太郎？　主人は忠次郎ではないのか？」

「忠次郎さまは、先日亡くなられまして……」

「ほう」

武士は女と顔を見合わせてから、

「では、その平太郎という方に会わせていただきたい」

と言った。

「分かりました。少々お待ちください」

きねは急いで屋敷に入っていった。

平太郎は奥の一室にいた。

ちょうど円了《えんりよう》と源内《げんない》も来ていて、三人で何か話し込んでいた。

「おお、おきね。どうしたのじゃ」

円了がたずねてきた。

「平太郎さまにお会いしたいという方が来ておられまして」

「どのような客じゃ？」

「若いお武家さまと、女の方です」

「ふむ……」

円了は首をかしげて、

「平太郎どのよ、心当たりはあるか？」

と聞いた。

「と、とんでもねえ。お武家さまの知り合いなぞおりません」

平太郎は慌てて言う。

源内も、まるで心当たりがない顔をしていた。

「ともかく、まずは会ってみてはどうだ」

「へえ。ですが、おらひとりじゃうまく話ができるかどうか……」

「では、拙僧も同席しよう」

「あ、ありがとうごぜえます」

「おきぬよ、済まぬがそのふたりを表座敷へ案内してくれぬか」

「分かりました」

きねは庭に駆け戻って、

「お会いするそうなので、お座敷へご案内いたします」

と武士に言った。

座敷へ上がった男女は、平太郎たちとしばらく話し込んだ。

といっても、受け答えするのはほとんど円了で、平太郎は目をぱちぱちさせながら黙って話を聞いているだけだった。

きねも草むしりをしながら、なんとはなしに話に耳をかたむけていた。

ふたりの話では、昔、女の父親が忠次郎の世話になったことがあり、久しぶりに挨拶に訪れたのだという。

ふたりは忠次郎一家が殺された話を詳しく聞いた後、仏壇に手を合わせてから、屋敷を後にした。

「その後、ふたりがどこに向かったのか、聞いてはおらぬか?」

与三郎が勢い込んでたずねてくる。

「はい、それが、円丁さまがおふたりをお引き留めなさって、お寺へおつれになりました」

「御住職が? なぜだ?」

「こうして知り合ったのも何かの縁だから、もっとゆっくり話がしたい、とおっしゃっておりました」

「ふうむ……」

与三郎はきねの肩から手をはなして、

「もしかして、その若い女というのは、とびきりの美人だったのではないか?」

「はい。たいそうお美しい方でした」

「まったく、何も懲りておられぬようだな……」

「どういうことでしょう?」

「いや、こちらの話だ」

与三郎はそう言ってから、

「ともかく、御住職の悪い癖、いや、もてなしのおかげで、そのふたりを逃がさずに済んだようだ」

「では、さっそくお寺へ行かれるのですか？」

「いや、日のあるうちは、寺には近づかない方がいいだろう。きっと城の連中が見張りをおいているはずだからな。夜まで待つつもりだ」

「でしたら……」

ときねは少し迷ってから、

「私が使いになって、御住職さまへ与三郎さまのことをお伝えしましょうか？」

と思いきって言った。

「いや、駄目だ」

与三郎は厳しい顔で答えた。

「なぜです？」

「これ以上、おまえを巻き込むわけにはいかない。もし私に手を貸していることを役人に知られたら、おまえは死罪になるかもしれないのだぞ」

「もちろん、覚悟のうえです」

「そのような覚悟は持ってはならん。こうして話を聞かせてくれただけで、私はおおいに助かった。もう十分だ」

「でも、夜を待っている間に、その男女が寺を出発してしまったらどうなさいます？」

「む……」

「できるだけ早く、御住職さまに連絡をつけて、ふたりを引き留めるようおねがいした方がよろしいでのは」

「それは……」

与三郎は返答につまると、きねの顔をじっと見つめてから、

「そなたは利口だな。確かに、そのとおりだ」

「では、わたしに使いをまかせていただけるのですね？」

きねは声をはずませて言った。

それでもまだ与三郎は迷っていたが、結局、

「済まぬが、頼む」

と答えた。

「はい、おまかせください」

「それでは、少し待ってくれ。御住職にあてた手紙をすぐに書く」

与三郎は懐《ふところ》から懐紙と矢立《やたて》を取り出した。しゃがみ込んで、膝のうえでさらさらと手紙を書きはじめる。

きねは胸をどきどきさせながら、手紙が書き上がるのを待った。

怖くないといえば嘘になる。だが、自分が与三郎のために役立てるのだという喜びの方が大きかった。

やがて、与三郎は手紙を書き終えると、紙を細く巻いて折りたたんだ。

「おきね、背中を向けてくれ」

「どうなさるのです？」

「手紙を隠すのだ」

おきねが背を向けると、与三郎は小柄《こづか》（小刀）を取り出して、襟元にちいさく穴を空けた。そこへ手紙を差し込む。

「よいか、もし誰かに呼びとめられるようなことがあれば、法要のことで源内から使いを頼まれた、と答えるのだぞ」

「分かりました」

「そなたには心より感謝する。今の私は何もしてやれないが、もしすべてが無事に片づけば、必ず礼をするつもりだ」

「お礼なんていいんです」

きねは目を伏せると、

「……わたしは、与三郎さまのお役に立てるだけで嬉しいんですから」

と耳を赤くして言った。

「おきね……」

「では、行ってまいります」

きねは元気よく言うと、洗濯籠をその場に残して駆け出した。

家には立ちよらず、このまままっすぐ寺に向かうつもりだった。

と、そのときだった。

ふいに目の前の茂みがゆれ、黒い影が飛び出してきた。

「きゃっ！」

きねはわけが分からないうちに、地面に押し倒されていた。

「おきね！」

与三郎の叫び声が上がった。

(何が起きたの……?)

混乱するきねの耳に、

「へっ、お侍さんよ、そこを動くんじゃねえ」

という声が飛び込んできた。

弥五郎の声だ。

きねは髪をつかまれ、無理やり引き立たされた。

どうにか逃げようともがいていると、喉もとに刃物を当てられる。

「おきね、大人しくしてな。そうすりゃ、怪我《けが》をしなくて済む」

弥五郎がぴたりと体を寄せて、耳もとで言った。

与三郎はすぐそこまで駆け寄ってきていた。

だが、きねを人質にとられて身動きできないようだ。

「弥五よ、うまくやったな」

そう声をかけながら、さらにふたりの男が茂みから出てきた。

どちらも宮田村の者ではない。小者か人足くずれといった風体《ふうてい》で、凶悪な顔つきをしている。手には抜き身の刀をさげていた。

「お侍さんよ。いや、与三郎さまとお呼びした方がいいのかい?」

弥五郎は小馬鹿にするように言って、

「おめえが、きっとおきねのもとにやってくるだろうと思って、ずっと見張っていた甲斐《かい》があったぜ。さあ、おきねの命がおしかったら、腰の刀を捨ててもらおうかい」

と告げた。

「……弥五郎よ。おぬし、城からの褒美が目当てで、私を捕らえようとしているのだな?」

与三郎が低い声で言った。

「そのとおりよ」

「では、こういうのはどうだ？　くり返し言うが、私は忠次郎たちを殺してはおらぬ。近いうちに、きっと身の潔白を示すつもりだ。もしここで私を見逃してくれるなら、城からの褒美の、倍の金をそなたに渡すと約束しよう」

「へっ、そんな話、誰が信じるかよ」

　弥五郎は鼻で笑ってから、

「それに、おめえとはこれまでの因縁がある。褒美がほしいのはもちろんだが、その首がお城下にさらされるのがぜひとも見てえのよ」

　と言った。

「おい、いつまでつまらねえおしゃべりをしているんだ」

　弥五郎の仲間のひとりが、苛立《いらだ》ったように声を上げた。

「おっと、すまねえ。さっさとそいつを縛り上げてくんな」

「よし」

　縄を手にした男が、じりじりと与三郎に近寄っていく。

　もうひとりは刀をかまえ、与三郎が身動きすれば斬るつもりのようだった。

　与三郎は両腕をだらりと垂らしたままで、逆らう気配を見せなかった。

（いけない、わたしのせいで……）

自分がどうなろうと、与三郎が助かる隙を作らなければ。

そのとき、きねの首を絞めつけていた弥五郎の腕が、わずかにゆるんだ。

きねはとっさに、弥五郎の腕にかみついた。

歯がざくりと肉にくい込む。口のなかに血の味が広がった。

「ぎゃあっ!」

弥五郎は悲鳴を上げると、きねを突きはなして、

「このくそあま、何をしやがる!」

と手にした刃物を振り上げた。

きねは目を閉じ、斬られるのを覚悟した。

だが、その刃が振り下ろされることはなかった。

代わりに、ざざっと風が吹きぬけるような音がして、

「ぐわっ!」

「むぐっ……」

と男たちの悲鳴がつぎつぎに上がった。どさりと地面に倒れる音もする。

辺りが静かになったところで、きねはおそるおそる目を開けた。

目に映ったのは、刀を手にした与三郎の姿だった。そのまわりに三人の男たちが倒れ伏している。

「おきね、怪我はないか？」

「は、はい……」

きねは少し呆然《ぼうぜん》としながら、倒れた男たちを見た。

弥五郎は天を睨むようにして息絶えていた。肩から胸にかけて斬られたようだ。ほかのふたりも、それぞれ一刀で仕留められている。

（やっぱり、与三郎さまはお強い……）

与三郎はほとんど息も乱しておらず、刀の血を布でぬぐって鞘《さや》におさめた。

「愚かなやつだ……」

与三郎は憐《あわ》れむように弥五郎の死体を見てから、きねのもとへやってきた。

「済まなかったな、おきね。恐ろしかっただろう」

「いいえ、大丈夫です」

「だが、体が震えているぞ」

与三郎は、きねの肩をそっと撫《な》でてから、

「使いのことはもういい。今日は家に戻って休んでくれ」

と言った。

「いいえ、このまま使いにまいります。私は平気ですから」

きねはじっと与三郎の目を見つめて答えた。

「……本当にいいのだな？」

「はい」

「では、頼む」

「おまかせください」

きねはうなずくと、まずは川辺まで行き、血に汚れた口をすすいでから、寺に向かって駆け出した。

三

きねを送り出した後、与三郎もすぐに行動を起こした。

まずは三つの死体を茂みの奥まで運んで隠した。

そして、宮田村から離れるために、山の方へ向かう。

（誰かに姿を見られたら、それで終わりだ）

弥五郎のように褒美が目当てで与三郎を探している者は少ないだろう。しかし、ほとんどの村人は、役人に罰せられるのを恐れて、与三郎を見つけしだい捕らえようとするはずだ。

ほとんど人の往来のない山道を、慎重に進んでいった。

一刻《いっとき》（二時間）ほどもかけて、どうにか無事に宮田村を離れた。

これから与三郎が向かうのは、正照寺《せいしょうじ》のある山だった。

山頂の近くに、不破《ふわ》家の中興の祖である河内守直通《かわちのかみなおみち》を祀《まつ》った霊廟《れいびょう》がある。

円了への手紙には、そこで会いたい、と書いておいた。

もし円了が寺を出ていこうとすれば、当然、見張りの者がついてくるだろう。しかし、霊廟は寺の奥にある石段を登っていった先にある。円了が勤行《ごんぎょう》に向かうように見せかければ、見張りもいちいち付きまとうことはないはずだ。

山のふもとに着いたときには、もう正午を過ぎていた。

そこからまた、苦労しながら山の斜面を登っていく。

夕暮れが近づいた頃、やっと霊廟にたどり着いた。

霊廟は、小さなお堂のような建物で、軒下に彫刻がほどこされていた。まわりの石畳には厚い苔《こけ》がはえていて、めったに人がやってこないことを示している。

与三郎は建物の床下にもぐり込み、刀を抱いて座った。

ここまでずっと神経を尖《とが》らせてきたので、気がゆるむとひどい疲れを感じた。

（きねは、無事に御住職へ手紙を届けられただろうか）

もし見張りに捕らえられていたら、霊廟にやってくるのは城の兵士たちになるだろう。

だが、ここまでくれば、覚悟を決めて待つしかない。

与三郎は竹筒を取り出し、残っていた水で喉をうるおした。

そして、目を閉じて、少しでも体をやすめておくことにした。

半刻《はんとき》（一時間）ばかりが過ぎ、夜の冷え込みが感じられるようになった頃、遠くから微《かす》かな足音が伝わってきた。

与三郎は、はっとして目を開いた。

（御住職だろうか）

急いでうつ伏せになり、地面に耳をあてた。

石段を登ってくる足音は、ひとつではなかった。四、五人はいるようだ。

（となれば、私を捕らえにきた兵か）

与三郎はさっと体を起こし、刀を腰へ差した。

身がまえながら、じっと石段の方を見つめる。

もし兵がやってきたら、囲まれる前に斬り込んで、山中へ逃げるつもりだった。

やがて、石段からぬっと人の頭があらわれた。

（……御住職）

与三郎はほっと息を吐いた。

円了は石段を登りきると、平然とした顔で霊廟の前までやってきた。

　そして、後ろに従った僧や寺男たちを振り返り、

「ここからは、わしひとりでよい。そなたたちは、下へ戻っていつもの勤めをするのじゃ」

と告げた。

　僧たちは頭を下げて、階段をくだっていく。

　円了がひとりきりになったところで、与三郎は床下から這《は》い出た。

「御住職」

　低い声でそっと呼びかける。

「おお、与三郎どの。そこにいたか」

　円了が急いで近寄ってきた。

「おひとりで来られると思っていたので、もう少しで逃げだすところでしたぞ」

「わしが勤行するときは、いつもああして従者をつれているものでな。今日だけひとりで回るとなれば、見張りに怪しまれると思ったのだ」

「なるほど」

　与三郎はうなずいてから、

「おきねはどうしております。もう村へ帰しましたか？」

「いや、ひどく疲れていたので、寺で休ませておる」

「さようですか。お気遣い、感謝いたします」

「なに、あれはけなげでよい娘じゃ。大事にしてやらねばの」

「はい」

「それで、手紙にあった、忠次郎の屋敷へやってきた男女のことじゃが」

円了は表情を引き締めて言った。

「いまも、寺におりますか？」

「うむ。宿坊の一室に泊めておる」

「かれらが何者か、御住職は聞きだされましたか？」

「女は、近江《おうみ》の地侍の娘だと言っておった。だが、きっと偽りじゃろうな」

「妙な手出しはされておらぬでしょうな？」

「とんでもない」

円了は慌てて首をふってから、ちょっと気まずそうに、

「……酒を一献どうかと誘ってみたが、にべもなく断られたわい。たいそう美しい娘ではあるが、まるで研ぎ澄ました刃《やいば》のようでな。うかつに触れれば大怪我をしそうじゃ」

「私もじかに会って話を聞きたいのですが、引き合わせてもらえませぬか？」

「うむ、それはかまわぬのだが、問題は、どうやって見張りの目を誤魔化すかじゃ

な」

「ふたりはずっと宿坊にこもっているのですか？」

「いや、早朝に出かけていき、夕暮れになって戻ってくる。どこで何をしているのか聞いてみても、言葉を濁すばかりなのじゃが」

「さようですか……では、山門を見張り、ふたりが出てくれば後を追って、人目につかぬところで声をかけてみます」

「なるほど、それがよさそうじゃな」

円了はうなずいた。

「ところで、もうひとつたずねたいことがございます」

「なんじゃな」

「私につかえる小者の宇八《うはち》はごぞんじですな？　あの者がどうなっているか、何か耳にしておられませんか？」

それは、逃亡してからずっと気にかかっていたことだった。

「うむ。宇八ならば、どうやら捕らえられて城の牢《ろう》に入れられたようじゃ」

「さようですか……」

（きっと岸《きし》の命令だな）

与三郎に逃げられた腹いせに、宇八を痛めつけてやろうと思ったのだろう。

怒りと不安が込み上げてくる。

「斬首される、などという話は聞いておりませんな?」

「いまのところ、そこまでの話は出ておらぬはずじゃ」

それを聞いて、与三郎はひとまずほっとした。

だが、早く宇八を牢から出してやらなければ、どんな目にあわされるか分からない。

「与三郎どのは、今夜はどうする」

「この霊廟をお借りして、一夜を明かそうと思います」

「後で夜食でも運ばせようかの?」

「いえ、見張りに気づかれて怪しまれてはいけませんので、無用です」

「分かった。では、気をつけるのじゃぞ」

円了はそう言って、引き上げていった。

与三郎は階段を上がり、霊廟の扉を開いてなかに入り込んだ。

埃《ほこり》がひどかったが、我慢して床に寝転がり、目を閉じた。

これまでの疲れがどっと出て、与三郎はすぐに眠りのなかに引きこまれた。

四

夜が明ける前に、鳥たちのさえずりで目を覚ました。

昨日から何も口にしていないので、ひどい空腹を感じた。竹筒に残っていた水をごくごくと飲み干して、どうにか誤魔化す。

与三郎は霊廟を出て、辺りに注意をはらいながら山をくだっていった。

ふもとまで下りると、山門が見える場所まで移動する。

木陰にかがみ込んで、見張りをはじめた。

ときおり、寺男や百姓が寺に出入りしたが、肝心のふたりはなかなか姿をあらわさなかった。

(今日はでかけないのだろうか)

与三郎がそう思いはじめたとき、やっとそれらしい人影が山門から出てきた。

若い男女が、きびきびした足どりで石段をくだってくる。

(女が直《なお》で、男が源七郎《げんしちろう》といったな)

直は旅装で、菅笠《すげがさ》をかぶって杖《つえ》を手にしていた。髪も無造作にうしろで束ねただけで、飾り気などはいっさいいない。それでも、遠目にも直がひときわ美しいことが分かった。

源七郎の方は、やはり旅装で腰に両刀を差していた。大柄でたくましいだけでなく、歩き方がいかにも俊敏そうだった。

与三郎は木陰を出ると、ふたりを追って斜面をくだっていった。

ふたりは西保《にしのほ》城の方角へ歩いていく。

与三郎は距離をおいて跡をつけていった。

やがて、切り通し道に差しかかった。前後にはまったく人影がない。

(よし、ここだ)

与三郎は全力で駆け出した。

その足音に気づいたのか、ふたりは足をとめて振り返った。

「お待ちくだされ。あなた方に話があります」

与三郎は走りながらそう呼びかけた。

ふたりが警戒して身がまえるのが分かった。源七郎は腰の刀に手をやっている。

与三郎は三間(五・四メートル)ほど手前で立ち止まった。

「我らに何用だ」

源七郎が厳しい声でたずねてきた。

「事情を話す前に、まず確認させていただきたい」

与三郎は乱れた息を整えながら言うと、
「あなた方は、先日、竹《たけ》ヶ鼻《はな》の城下で関川《せきかわ》牛介という男を殺《あや》めましたな?」
と聞いた。
源七郎は返事をしなかった。敵意に満ちた目でじっと睨んでくる。
直もまた、氷のように鋭い眼差《まなざ》しを与三郎に向けていた。
「待った、私はあなた方の敵ではない」
与三郎はふたりから殺気を感じとって言った。
だが、その言葉は相手の耳に届いていないようだった。
「源七郎!」
直が叫んだ。
それを合図に、源七郎が猛然と与三郎に迫ってきた。
(くっ、やむを得ん)
与三郎はさっと刀を抜き払った。
目の前に迫った源七郎は、抜き打ちに斬りつけてきた。
その凄《すさ》まじい太刀筋は、まともに受けていれば刀をへし折られただろう。
与三郎は刀を斜めに振って、源七郎の一撃を受け流した。
空振りした源七郎は体を泳がせた。が、すぐに足を踏んばって、振りむきざまに斬りつけてくる。

与三郎は辛《かろ》うじて後ろに跳んで避けた。

源七郎は間髪いれずに襲いかかってきた。

つぎつぎと疾風のように迫ってくる刃に、与三郎はかわし続けるのが精一杯だった。

まるで野生の猛獣を相手にしているようだ。

道の左右が崖になっているので、一歩間違えればたちまち追い詰められてしまう。

それでも、しばらく防戦を続けるうち、相手の太刀筋を見きわめる余裕が生まれてきた。

（これは、兵法を学んではおらぬな）

源七郎の刀には、一撃で敵の頭を砕くような勢いがある。だが、しょせんは天性の剛力で振り回しているだけに過ぎない。

そうなれば、次にどう刀を振り下ろしてくるか、予測するのは難しいことではなかった。

与三郎は源七郎が振り回す刀を、つぎつぎと紙一重で避けていった。与三郎の呼吸が整っていく一方で、源七郎は息が上がってきたのか肩を上下させはじめる。

やがて、源七郎が手元を狂わせた。刃先が崖にぶつかり、がちんと跳ね返される。

（今だ）

与三郎は前に跳んで、源七郎とすれ違った。

くるりと体を回して、刀を振り上げる。

次の瞬間、与三郎はぞくりとした。

遅れて振り返った源七郎が、自分ではなく、直の方を見たからだ。

考えるより先に、与三郎の体が反応していた。とっさに横に転がると、ほぼ同時に、背後から飛んできた一本の小柄（小刀）が、地面に突き立った。わずかでも遅れていれば、与三郎の背中に刺さっていただろう。

慌てて身を起こして振り返ると、直が次の小柄をかまえていた。

直がさっと手を振り下ろし、放たれた小柄が与三郎の眉間を襲った。

与三郎は刀を斜めに切り上げ、小柄を弾《はじ》き返す。

そこでひと息つく間もなく、また源七郎の猛剣が襲ってきた。

与三郎はふたたび地面に転がって、振り下ろされた刃をかわした。

（ぐっ……）

腰に鋭い痛みを感じる。かわしきれずに斬られたようだ。

立ち上がった与三郎は、後ろへさがろうとしたが、背中が崖にぶつかった。

刀を中段にかまえた源七郎が、じりじりと間合いを詰めてくる。

与三郎の視界の端に、小柄をかまえた直の姿が映った。

同時に攻撃されては、もはや与三郎に防ぐすべはない。

ふたりも、必殺の一撃をくりだすべく、呼吸を合わせようとする。

だが、それが一瞬の隙につながった。

源七郎の意識が、わずかに与三郎から外れて、直に向けられた。

その刹那《せつな》、与三郎は渾身《こんしん》の突きをくり出した。ぐんと伸びた刃の先が源七郎の喉に迫る。

源七郎がはっとして剣を立てて防ごうとしたとき、与三郎の刀は巧みに変化した。

喉を突くかと見えた刃先が、源七郎の右腕に振り下ろされる。ざくりと斬った手応《てごた》えがあり、源七郎の刀が地面に落ちた。

だが、それと同時に、与三郎の右肩に小柄が深々と突き立っていた。

激痛をこらえて、与三郎は刃を源七郎の首筋へ振り下ろした。

が、頸動脈《けいどうみゃく》を切り裂く寸前で刀をとめる。

「動くな！」

与三郎は叫んだ。

左手で脇差しを抜こうとしていた源七郎と、新たに小柄をかまえた直が、ぴたりと動きをとめた。

「ひ、姫さま、拙者にかまわずこやつを仕留めてくだされ！」

源七郎が叫んだ。

だが、直は蒼白《そうはく》な顔で与三郎を睨んだまま、身動きしなかった。

「これ以上、軽はずみな真似《まね》をするな」

与三郎は油断なくふたりに視線を向けながら言って、

「先にも言ったとおり、私はそなたたちの敵ではない。もし私にその気があれば、ふたりともすでに生きてはおらぬ。それくらいのことは分かるはずだ」

と告げた。

「……では、おぬしは何者だ」

直が問うてきた。

「不破太郎《たろう》左衛門尉《ざえもんのじょう》が弟で、与三郎と申す」

「なに、不破さまの……？　ならば、なぜ牛介のことを知っている」

「そなたたちが牛介を見つけたとき、やつは縛り上げられていただろう。あれは私がやったことなのだ」

「えっ」

ふたりは驚きの声を上げた。

「よいか、落ち着いて聞くのだぞ」

与三郎は源七郎の首から刃をはずすと、これまでのいきさつを手短に説明した。

「……そうでございましたか。確かに、牛介自身の口から、忠次郎が殺されたときの事情は聞き出しております」

直がこわばった声で言った。

「私が敵ではないと、納得してくれたか？」

「はい。とんだ勘違いから与三郎さまにお怪我を負わせたこと、まことに申しわけございません」

直は深々と頭をさげた。

与三郎はそこでやっと緊張をとき、刀を鞘におさめた。

とたんに、肩と腰に耐えがたい痛みを感じる。

まずは、右肩に刺さったままだった小柄をつかみ、歯を食いしばって、一気に引き抜いた。喉から呻き声がもれる。

「あ、お手当をいたします」

直が急いで駆け寄ってきた。着物の裾を裂いて、傷口を固くしばってくれる。

源七郎に斬られた腰の方は、幸い浅い傷のようだった。流れた血で衣服が染まっているが、それほどひどい出血量ではない。骨も内臓も無事のようだ。

一方で、源七郎の右腕の傷はかなり深かった。当分は刀をにぎれそうにない。

ひととおりの応急処置をした後、三人は切り通しを抜けて、人目につかない森の奥へ入った。

　与三郎は草むらのうえに腰を下ろした。

　直と源七郎もならんで座り、与三郎と向き合う。

「それにしても、なぜ私を敵だと思ったのです?」

　与三郎は、まずそうたずねた。

「牛介を殺す前に、昔の仲間について知っていることをすべて白状させました。そのなかで、残党のひとりが西保城に出入りしている、という話があったのです」

　直が答えた。

「本当ですか?」

　意外な話に、与三郎は驚く。

「牛介がじかに見たわけではありませんが、忠次郎からそのような話を聞いたそうです。それで、我らは宮田村を訪れて忠次郎の死を確かめた後、その残党を探すことにしました」

「そして、私のことを残党だと思ったわけですね」

「はい。これまでにも、我らに狙われていると気づいた敵が、先手を打って襲ってきたことがございました。それで、今回もまた同じことが起きたのかと……申しわけございません」

直は恐縮した様子で頭をさげた。

「いえ、それはもうよろしいのです。先に名乗らなかった私にも非があります」

与三郎はそう答えてから、

「おふたりは赤座《あかざ》党の残党を追っておられるようだが、その理由を聞かせてもらえないでしょうか」

と言った。

「それは……」

直はちらりと源七郎と視線をかわしてから、

「分かりました。こうなれば、お話ししないわけにもまいりません。ただし、このことは他言しないとお約束いただけますでしょうか」

「ええ、約束します」

与三郎はうなずいた。

「私は尾張《おわり》国葉栗《はぐり》郡の森《もり》家の娘で、直と申します。この者は、郎党の中島《なかじま》源七郎でございます」

「森家といえば、今は織田《おだ》家に仕えている可成《よしなり》どのの……」

「はい。可成さまは私の伯父になります」

「そうでしたか」

かつて森可成は斎藤道三《さいとうどうさん》に仕えていたので、与三郎もよく知っていた。

「そして、私が赤座党の残党を追っているのは、やつらが両親の仇《かたき》だからです」

直は憎しみのこもった声で言った。

「ご両親の仇……」

「あれは、今より十年ほど前のことになります。私の父は、森勝右衛門《かつえもん》と申しまして、領地の前野《まえの》村に屋敷をかまえておりました」

直は感情を押し殺した声で語りはじめる。

「あるとき、ご主君の斎藤道三さまが戦《いく》さをすることになり、父にも兵を出すようにとのお指図がございました。ところが、あいにくと父は病で臥《ふ》せっておりましたので、代わりに兄が兵を率いていくことになりました。そして、領地からすっかり兵が出払ってしまったところへ、突如として赤座党があらわれたのです」

「まさか、領主の屋敷まで襲ったということですか？」

屋敷とは言っても、いざとなれば砦《とりで》として立て籠もる場所だった。空堀や土塁を巡らせていて、とても野盗ごときが狙えるものではないはずだ。

「あの頃の赤座党には、それだけの勢いがあったのです。父は少ない手勢をあつめて迎え撃ちましたが、あえなく討ち死にされました。そして、守備兵を蹴散らした赤座党は、屋敷へなだれ込んで、残っていた一族の者を皆殺しにしたのです」

直の目には、いまなおその光景が焼きついているかのように、すさまじい怒りの色がうかんでいた。

「直どのは、どうやって生きのびられたのですか?」

「実は、よく覚えていないのです。私はまだ十歳の子供で、目の前で母が刺し殺されたとき、恐怖で気を失いました。つぎに意識を取り戻したときには、領内の百姓の家に寝かされておりました。家の主人の話では、屋敷の小者らしい男が私を運んできて、かくまってくれるようにと頼んだそうです。それが誰だったのか、後になって調べてみたのですか、分からずじまいになりました」

「なるほど……」

「それから半年と経《た》たないうちに、赤座党は壊滅いたしました。しかし、我らの屋敷を襲撃した者たちのうち、六名が逃げおおせたことが分かりました。そやつらが生きている限りは、父母の無念を晴らしたとは言えませぬ。ですから、私はかならずやその六人を討つと両親の墓前で誓ったのです」

直はそこまで言うと、気持ちのたかぶりをおさえるようにひとつ深呼吸した。

「じっさいに残党を探しはじめたのは、いつからなのです?」

「私が十二歳のときです。それまでは、兄の許しが得られませんでしたので」

「では、あなたはそれから八年もの間、残党を追い続けてきたというわけですか」

「幸い、兄や一族の者たちが支援してくれておりますので、旅の費用に不自由することはございません」

「そうは言っても……」

十二歳から二十歳までの娘盛りの日々を、すべて復讐《ふくしゅう》の旅に費やすとは、おそるべき執念だった。

そこでふと、与三郎の脳裏に明智光秀《あけちみつひで》の姿が浮かんだ。

（あの人も、復讐のために生きておられたが……）

やはり、戦乱の世というものは無数の悲劇と憎しみを生み出すようだ。

「……その旅には、最初から源七郎どのも付き従われていたのですか？」

与三郎が問いかけると、源七郎はうなずいた。

「はい。屋敷が襲撃されたとき、拙者は父とともに出陣しており、殿をお守りできませんでした。その償いのため、せめて直さまの仇討ちのお手伝いをさせていただこうと、父とともにお供を願い出たのです」

「そのお父上は……」

「二年前、旅の途中で病に倒れ、亡くなりました」

源七郎は表情をいっさい変えることなく答える。

（この男もまた、復讐の鬼と化しているようだな）

源七郎の岩をも断ち切るような凄まじい斬撃は、その執念から生まれているのかもしれない。

「おふたりは、これまでに何人の残党を仕留められたのですか？」

「牛介と忠次郎をふくめて、五人です。そして、残るのはただひとり」

「あと一歩で悲願を達成できるわけですね」

与三郎はそう言ってから、少し考えて、

「よく事情が分かりました。そういうことならば、私もおふたりにご助力したいと思います」

と申し出た。

そんな気持ちになったのは、直の姿が光秀と重なって見えたからかもしれない。

「与三郎どののお力がお借りできるなら、これほど頼もしいことはございません」

源七郎が声をはずませて言った。

「ただ、その前に、私の方からもひとつお願いがあるのです」

「何でしょう」

と直がやや身がまえるように言う。

「あなた方が牛介から聞き出した話を、城に行って兄に伝えて欲しいのです。そうすれば、私が忠次郎を殺したという疑いを晴らすことができます」

森可成の姪《めい》の証言となれば、誰も疑う者はないだろう。

「それは……」

直はしばらく迷う様子を見せてから、

「申しわけありませんが、承知いたしかねます」

と答えた。

「なぜです？　牛介は赤座党の残党ですから、殺めたところであなた方が罪に問われるわけではない。むしろ、見事に親の敵を討ったということで褒められるはずだ」

与三郎は急いで言った。

だが、直はかたくなな表情で、

「罰せられようが褒められようが、それはどちらでもかまいませぬ。心配なのは、我らが牛介を討ったという話が、残った残党の耳に入ってしまうのではないかということです。そうなれば、やつは急いで逃げ出し、二度と西保城には近づかないでしょう」

「確かに……」

（私が直どのの立場なら、やはり断るだろうな）

与三郎はそう思って、説得を諦めた。

だが、ここで黙って引きさがるわけにもいかない。

「……では、順序が逆ならばいかがでしょう」

「逆、とは？」

直は戸惑った顔になる。

「まず先に、私も手伝って残党の最後のひとりを討ち果たす。その後で、城の兄のもとへ名乗り出て事情を説明していただくのです。それならば問題はありませぬな？」

「え、ええ。もちろん、仇討ちさえ成し遂げられるならば、その後はどのようなことでもいたします」

直はぱっと目を輝かせて言った。

源七郎も、ほっとした顔になっている。

「よし、そうと決まれば、残党を捕らえる方法を考えねばなりませんが……そやつについて、他に知っていることはありますか？」

「やつは、城に出入りするとき、行商人の姿をしていたそうです」

「ほう……」

「真っ黒に日焼けした小男で、髪はうすく、ねずみのような顔つきだとか」

それを聞いて、与三郎ははっとした。

（その男は、もしや……）

竹ヶ鼻の竹筒のことを教えてくれた、あの行商人ではないか。

「心当たりがあるのですか？」

直が身を乗り出してたずねてきた。

「ええ。どうやら私は、その者に会ったことがあるようです」

「ま、まことですか？」

「伊勢《いせ》からきた小間物商というふれこみの、五助《ごすけ》という男です」

「五助……」

直は小首をかしげる。聞き覚えがないようだ。

「おそらく偽名でしょう。そやつが赤座党にいた当時の名前はご存じですか？」

「はい、聞き出しております」

「なんというのです？」

「木下藤吉郎《きのしたとうきちろう》、という名だそうです」

直は憎しみをこめて言った。

七章　尾張の間者

一

与三郎は、ひとまず直たちとともに正照寺へ引き返すことにした。

「それにしても、直どのの小柄投げは見事なものでしたが、あれはどこかで習われたのですか?」

道中で、ふと与三郎はたずねた。

「はい。仇討ちの旅に出る前に、郷里で修行いたしました」

直は慎ましく答える。

「お師匠は、名の知れた武芸者ですか?」

「いえ、名も無き山の民にございます」

「ほう」

「月に一度か二度、山から里へ下りてきては、狩りの獲物を米と交換していく人でした。いつも獣の皮で身をつつみ、伸びほうだいの髪と髭《ひげ》で顔が隠れていて、里人からは忌み嫌われておりました。ただ、飛び立った鳥を小刀を投げて仕留める名人技をもっているという噂でしたので、あるとき、わたしはその人を待ち受けて、弟子にしてほしいと頼み込んだのです」

「引き受けてくれましたか？」

「初めは相手にされませんでした。しかし、屋敷から持ち出した酒や米を謝礼として差し出して、しつこく頼み込むと、どうにか引き受けてもらえました」

与三郎は、山の中で獣人のような男に殺しのわざを習う少女の姿を想像し、鬼気迫るものを感じた。

「拙者からも、ひとつおたずねしてよろしいですか？」

源七郎が言った。

「なんなりと、どうぞ」

「与三郎さまは見事な剣を使われましたが、何流でございますか？」

「吉岡《よしおか》流です」

「というと、あの京で将軍家の剣術師範をつとめるという？」

「さようです」

「では、与三郎さまは京で剣の修行をなさったわけですか」

「いえ、私は京へ上ったことはありません」

「それでは、どちらで？」

「吉岡家の三代目当主である直賢《なおかた》さまの甥《おい》に、直春《なおはる》さまという方がおられます。直春さまは、正照寺の円了どのと交流がありましてな。あるとき、ふらりと京から遊びに来られたことがあるのです。そのとき、私は無理に頼み込んで、剣を教わったというわけでして」

与三郎は師の直春の顔を思いうかべながら答えた。

直春の指導は過酷だった。

「のんびりしていたのでは、三年やったところでものにはならぬからな」

そう言いながら、直春は木刀で容赦なく与三郎を打ちすえたものだった。

与三郎は全身痣《あざ》だらけになり、寝床に入ってからも高熱にうなされて、朝まで眠れないほどだった。

直春は、本心では、与三郎が早々に音《ね》を上げて逃げだすことを期待していたのかもしれない。しかし、与三郎は必死の思いで凄まじい修行に耐え続けた。

はじめのうちは、直春は気のない顔をしていたが、やがて、

「おぬし、なかなか素質があるようじゃな」

と言って、指導に熱を込めはじめた。

直春が寺に滞在したのは半年にも満たない間だった。

その短い月日では、兵法の基礎を身につけるのが精一杯だった。

それでも、修行の最終日には、

「これならば、ま、目録（剣術の階級）を授けてもよかろう」

と直春は言ってくれた。

師匠が去ってからも、与三郎は人目につかない山奥へ忍んでいっては、ひとりで稽古を重ねていた。

やがて、正照寺の近くにきたところで、与三郎はふたりと別れることにした。

「では、御住職への伝言をよろしくお願いします」

与三郎は直に言った。

「与三郎どのへ薬と食べ物を届けるように頼めばよろしいのですね」

「ええ」

「もう一件の使いの方も、源七郎の手当が済みしだい、向かうつもりです」

直はそう言って、源七郎とともに去っていった。

与三郎はまた山の斜面を登って、霊廟へ向かった。与三郎が身を隠せる場所といえば、ここしかなかった。

激しく体を動かしたため、山頂にたどりついたときには、ふたたび腰の傷から血が流れはじめていた。空腹と疲労もあり、霊廟のなかへ入り込んだ与三郎は、床に倒れ伏した。

(いかん、このような体では仇討ちの手伝いどころではない)

朦朧《もうろう》とした意識が、しだいに遠退《との》いていく。

与三郎は半ば気を失ったように横たわっていたが、半刻(一時間)ほど経ったとき、外に人の気配を感じて、はっと意識を取り戻した。

急いで体を起こして、刀に手をやる。

「……与三郎さま、いらっしゃいますか」

外から呼びかけてくる声がした。きねだ。

「うむ、ここにいるぞ」

与三郎は扉を開けて外に出た。

きねは与三郎を見てほっとした顔になった。

が、すぐに衣服が血に濡《ぬ》れていることに気づいたのか、

「そのお傷はどうなさったのですか?」

と顔色を変えて駆け寄ってきた。

「なに、大した傷ではない。それよりも、御住職の代わりにきてくれたのか?」

「はい。こちらがお届けするように言われた品です」

きねは脇に抱えていた布包みを差し出してきた。

与三郎は包みをうけとって、開いてみた。なかには膏薬《こうやく》と竹筒、それに竹の皮で包んだ握り飯などが入っていた。

「この竹筒の中身は？」

「傷口を洗うための焼酎だそうです」

「そうか。すまぬが、おまえの手を借りて良いか？　腰の傷を自分で洗うのは、すこし難儀でな」

与三郎は地面にひざをついて座ると、もろ肌脱ぎになって、腰の傷をあらわにした。

傷口を目にしたきねは、蒼白になった。浅手とはいえ、幅四寸（十二センチ）ほどにわたって皮膚が裂け、脂肪と肉がみえているのだ。若い娘からすれば、目をそむけたくなる光景だろう。

それでも、きねは気丈に、

「ここを焼酎で洗えばいいのですね？」

と言って、竹筒の栓を抜いた。

傷口が焼酎で洗われると、激痛で与三郎は思わず呻いた。

「大丈夫ですか？」

「うむ、かまわぬから、その調子でやってくれ」

「はい」

傷口を洗い終えると、与三郎は用意されていた布に軟膏《なんこう》を塗って、

「これを傷口に貼ってくれ」

ときねに渡した。

膏薬が貼られたあと、麻布を腰に巻きつけて手当を終えた。

続けて、肩の傷の治療もした。こちらは自分の手で処置する。

「このお衣装にお着替えください」

きねが畳んだ衣服を渡してきた。

それはこざっぱりとした武家の装束だった。円了が気を利かせてどこかで調達してきてくれたのだろう。下帯まで用意してある。

「これはありがたい」

与三郎はさっそく着替えようとした。

が、きねがじっとこちらを見ているのに気付き、袴《はかま》を脱ぎ捨てようとした手をとめて、

「おきねよ」

「はい」

「すまぬが、しばらく向こうをむいていてくれぬか」

「はあ」

きねは不思議そうな顔だったが、素直にこちらに背を向けた。

今のうちに急いで衣服を脱ぎ、まずは下帯をとりかえ、それから新しい装束を身にまとった。

「もうよいぞ」

きねに声をかけながら、ぼろぼろになった古い衣服を拾い集めた。

それから、与三郎は階段に腰かけて、握り飯を食べはじめた。

この数日、ろくに物を口にしていなかったので、胃は縮みきっている。ひと口ひと口、じっくりと噛《か》みしめながら握り飯を食べていく。

「あの、このおむすびは私がこしらえたのですが、お味はいかがでしょうか」

きねが少し心配そうに聞いてきた。

「美味《うま》い。いくらでも食べられそうだ」

「よかった」

きねはほっとした顔になった。

二個め、三個目と食べるうち、つい勢いがついてきて大口で頬張っていると、

「……むぐぐっ」

飯が喉につまってしまった。慌てて胸を叩《たた》く。

「どうぞ、お水です」

きねがさっと竹筒を差し出してくれた。

与三郎はごくごくと水を飲み、喉のつまりを流して、

「……済まぬ、助かったぞ」

と礼を言った。

食事を終えて満腹になると、全身に気力が満ちてくる。

刀を腰に差して、霊廟の前にある広場へ出た。

高く伸びた雑草の間を、しきりとトンボが飛び回っている。

腰を浅くしずめて、刀の柄をにぎる。目を半ば閉じて呼吸を整え、精神を集中させた。

「……やっ」

かけ声とともに、刀を一閃《いっせん》させた。

ひらひらと舞い落ちていた木の葉が、まっぷたつになる。

「まあ」

ときねが感嘆の声を上げた。

が、与三郎としては十分ではなかった。本当ならば、返す刀で十文字に割るつもり

だったのだ。

（この傷では、やむを得ぬか……）

腰はともかく、肩の傷は力をこめるとずきりと疼《うず》いて、思うように剣を振れない。

これから討たなければならない赤座党の残党、木下藤吉郎という男が、どれほどの強さかは分からない。だが、もし源七郎と同じくらいの剣の腕であったとしたら、ひどく苦戦することになるだろう。

（しかし、まだ見ぬ敵の影におびえていても仕方ない）

与三郎はそう思いながら、刀を鞘におさめた。

「おきね、世話になったな。もう帰ってよいぞ」

振りむいて声をかけた。

「与三郎さまは、これからどうなさるのですか？」

「ここに、もうひとり客がくることになっている。それを待つつもりだ」

「ほかに何か、わたしにお申しつけになることはございませんか？　わたしにできることなら、なんでもいたします」

「いや……」

もう用はない、と言うつもりだったが、きねのひたむきな眼差しを見ていると、そっけなく追い返すのもかわいそうに思えた。

「……昨日から家に帰っていないのだろう？　両親が心配しておるのではないか？」

「いえ、御住職さまがご親切にも村まで使いを出してくださいまして、わたしがお寺にいることを親にしらせておりますので、大丈夫です」

「そうか。では、いましばらく寺にとどまって、何か用ができたとき、すぐに動けるようにしておいてくれぬか」

「分かりました」

きねは嬉しそうに返事した。

石段をくだっていくきねを見送った後、与三郎は念のため、また廟のなかに隠れて待つことにした。

四半刻《しはんとき》（三十分）ほど経ったとき、霊廟の裏手から物音が聞こえてきた。誰かが草を踏み分けながら斜面をのぼってくるようだ。

与三郎は建物を出ると、近くの木陰に身を潜めた。

やがて、人影があらわれた。

心配そうにきょろきょろと辺りを見回すのは、間違いなく谷岡伊介《たにおかいすけ》だった。直は約束どおり、西保城に使いをしてくれたようだ。

竹ヶ鼻城に向かう前に別れて以来、ずいぶん久しぶりに会うような気がした。

しばらく様子を窺《うかが》ってみたが、谷岡はひとりきりのようだった。

「谷岡、私はここだ」

「おお、与三郎さま」

谷岡はほっとしたように駆け寄ってきた。

「森直どのからの伝言、聞いてくれたな」

「はい。あのような美しい娘が急にたずねてきて、何ごとかと驚きましたが、話を聞いてもっと驚きました」

「すまぬが、そなたたちの力を貸してくれぬか」

「もちろん、そのつもりでおります。私としても、不破家の家臣として、岸の悪事を見過ごすことはできませぬからな」

「そうか」

与三郎はほっとした。

谷岡の人柄を見込んで協力を求めたのだが、やはり返答を聞くまでは不安もあったのだ。

「もちろん、遠藤《えんどう》も張りきっておりましたぞ」

谷岡はそう言って、

「それで、伝言によれば、城に出入りしている五助という行商人を調べるように、とのことでございましたな」

「そうだ」

「遠藤と手分けして聞いて回りましたところ、その五助という者は、近頃はお城のご重役のもとにも出入りしていることが分かりました。お鶴《つる》の方さまも、お側《そば》に招いておられるそうで」

「お鶴の方さまが、な……」

与三郎は亡父の継室の顔を思いうかべた。

五助がただの行商人であれば、どうということのない話だ。しかし、五助の正体が木下藤吉郎であると分かったからには、何か隠された意図があるとしか思えなかった。

「五助がどこに宿泊しているか、分かったか?」

「はい。近くの名主屋敷の離れを借りているそうです」

「どこの家だ?」

「高田《たかだ》中大夫《なかだゆう》という名主です」

その屋敷なら与三郎も知っていた。

「よし、おかげで助かったぞ。うまくいけば、私は近いうちに城に戻れるかもしれない」

「おお、それは何よりでございます」

谷岡は嬉しそうに言った。

「だが、もし私の濡《ぬ》れ衣《ぎぬ》が晴らせても、それですべてが片づくとは思えない。もうひとつ、ふたつ、罠《わな》がしかけられているかもしれぬ」

「確かに……」

「そこで、おぬしたちに頼みたいのだが、宇八を牢からだすことができれば、ただちに正照寺へつれていってやってくれぬか。そこでかくまってもらうのだ」

宇八が城にいれば、人質にとられるようなことになるかもしれない。

「は、それくらいのことは、お安い御用でございます」

「頼むぞ」

「では、それがしはこれで」

谷岡は一礼すると、霊廟の裏手の斜面をくだっていった。

(よし、あとはいよいよ、木下藤吉郎を討つだけだ)

与三郎は刀の柄をにぎり、ぐっと力をこめた。

二

その日の夕刻、与三郎は直、源七郎とともに、林のなかに潜んでいた。

すぐ向こうに、高田中大夫の屋敷の離れが見える。ふだんから客人を泊めるために使われているらしく、部屋は二間あり、厠《かわや》もそなわっていた。

藤吉郎はまだ城から戻ってきておらず、建物の戸は閉めきられたままだ。

「源七郎どの、腕の具合はいかがですか？」

与三郎は振り返って、低い声でたずねた。

「は、まだ手に力が入らず、刀をにぎるのはむずかしそうです」

源七郎は、与三郎に斬られた右腕に厚く布をまきつけていた。

「そのような深い傷を負わせて、もうしわけない」

与三郎がそう謝ると、

「とんでもないことでございます。それがしは、たとえ腕を切り落とされていても、文句が言えるような立場ではございません」

と源七郎は慌てて言って、

「ただ、いざというとき、左手一本だけでは十分にお役に立てないのではないかと、それだけが気がかりでして」

と表情をくもらせた。

「それで、この後はいかがなさるつもりですか？」

直がたずねてきた。

「まず私が離れに忍び込んで、藤吉郎が帰ってくるのを待ちます。やつがあらわれて建物に入れば、おふたりは逃げ道をふさいでください」

「分かりました」

直は落ち着いているように見えた。

しかし、その声にはかすかな震えがあって、気持ちのたかぶりを懸命におさえ込んでいることが分かる。

「よろしいですか、焦りは禁物です。やつの姿を目にしても、すぐに手出しをしてはなりませんぞ」

与三郎が念押しすると、直はこくりとうなずいた。

それから、さらに日が傾き、辺りが薄闇に包まれたところで、与三郎は腰を上げた。

「では、行ってまいります」

周囲に誰もいないのを確かめ、さっと林を出る。

離れまで走ると、草履をぬいで懐に入れ、障子を開けて部屋に上がり込んだ。

そこは三帖《じょう》ほどの広さの部屋だった。何も置かれておらず、がらんとしている。

襖《ふすま》でしきられた隣室は、八帖ほどの広さだった。灯明台や寝具のほか、藤吉郎が持ち込んだと思われる行李《こうり》が三つ置かれている。

与三郎は三帖の間のすみに身をひそめて、藤吉郎の帰りを待つことにした。

すっかり日が暮れて、障子が月明かりに照らされた。

秋の虫の鳴き声が、盛んに聞こえてくる。
やがて、その虫の音にまじって、足音が近づいてくることに気づいた。
与三郎は息をひそめて気配を消した。
がらりと入り口の戸が開く。
誰かが部屋に上がって、火打ち石を鳴らす音がした。灯明台に明かりがともる。
続けて、荷物を下ろしたり、行李を開けたりする物音が聞こえてきた。
(妙に慌てているようだな)
まるで急いで逃げ支度をしているようだった。
与三郎は襖の隙間からそっと隣室をのぞき込んだ。
(……まちがいない、藤吉郎だ)
藤吉郎は床に包み布を広げて、なかに入っていたものを行李に移しかえていた。
与三郎はそっと立ち上がると、ゆっくり襖を開いた。
藤吉郎は荷物を確かめるのに必死で、こちらに気づく様子はない。
与三郎は隣室に入って、藤吉郎の背後に立った。
そこでようやく藤吉郎は気配に気づいたようだった。
「なっ、何者じゃ⁉」
藤吉郎は驚いて振り返る。

「やあ、また会ったな」

「……あなたは与三郎さまではございませぬか。なにゆえ、このようなところに」

「おぬしに、ひとつ確かめたいことがあってな」

「なんでございましょう」

「伊勢からやってきた行商人の五助。それがおぬしの素性だったな」

「……さようにございます」

「だが、その正体は、赤座党の残党、木下藤吉郎であろう」

与三郎は叩きつけるように言った。

藤吉郎は、一瞬、あぜんとした顔になった。

だが、瞬時に表情を引きしめると、じっと与三郎を睨んできた。その瞳は爛々《らんらん》と輝き、まるで得体のしれない化け物に変化するような、不気味な迫力を感じた。

（ついに本性をあらわしたか）

気圧《けお》されながらも、与三郎はすばやく藤吉郎の腰回りを目でさぐった。

藤吉郎は腰に短刀を一本差し込んでいるだけで、襲ってきたとしても手こずるとは思えなかった。

それでも、与三郎は十分に警戒しながら、腰を落として刀に手をそえる。

ふいに、藤吉郎が手にした笠を投げつけてきた。

与三郎はそれを抜き打ちに斬って落とし、さらなる攻撃にそなえた。

ところが、藤吉郎はこちらに背を向け、逃げだそうとしていた。

与三郎は慌てて刀の峰を返して、振り下ろす。

が、一瞬早く、藤吉郎は障子を突き破って外へ転がり出た。まるでねずみのごとき素早さだ。

(しまった)

与三郎も急いで障子の破れをくぐって、庭へ下りる。

藤吉郎は早くも庭を駆けぬけ、林のなかへ飛びこもうとしていた。

が、そこで、前方にふたつの影が立ちふさがった。直と源七郎だ。

逃げ道を失って立ちどまった藤吉郎に、与三郎も追いつく。

「おぬしたち、何が目的だ?」

藤吉郎は三人をきょろきょろと見回しながら言った。

「おまえの命よ」

直が鋭く言った。その目には、憎しみと復讐の喜びがうかんでいた。

「なぜ、おれの命を狙うのだ」

「おまえに無惨に殺された、両親の仇討ちだ」

「仇?」

「十年前、おまえたち赤座党は、尾張の前野村にある森家の屋敷を襲ったであろう」

「あっ、では、そなたはあのときの娘」

藤吉郎は驚いたように直を見つめた。

「ほう、覚えていたか。では、己の罪を悔いながら死ね」

直は手にしていた短刀を抜きはなった。

隣の源七郎も、左手一本で抜刀する。

「ま、待て、誤解だ。おれは決して仇ではない」

藤吉郎が懸命に言った。

が、もちろんふたりが耳を貸すはずもなく、じりじりと迫っていく。

「頼む、おれの話を聞いてくれ」

藤吉郎は与三郎を振り返って必死に頼む。

与三郎は迷った。

(せめて、どのような弁明をするのか、聞くだけ聞いてやってもよいのではないか)

自分も問答無用で処刑されかけただけに、そんなふうにも思ってしまう。

それに、与三郎が見たところ、藤吉郎は決して牛介や忠次郎といった悪党たちと同類には思えなかった。

「さあ、父上と母上の苦しみを、おまえも味わうがいい」

直は短刀をかまえると、藤吉郎の腹をめがけて突き込んだ。

「待った」

与三郎はとっさに飛び入って、直を抱きとめた。

「な、何をなさいます！」

「こやつが何を誤解というのか、それだけでも聞いてやりませぬか」

「どうせ作り話に決まっております」

「もし、作り話と分かれば、改めて殺せばよいだけです。そのときは私も邪魔をするつもりはありません」

「しかし……」

「直さま、ここは与三郎どのの言葉に従いましょう。こうして捕らえたからには、何も慌てて始末する必要はないのですからな」

源七郎が言った。

「……分かりました。与三郎どのの納得するようになさいませ」

直は不満をぐっとこらえた顔で言った。

それを聞いた藤吉郎は、ほっとしたように、

「おお、かたじけない。おかげで命拾いしたようじゃ」

「命拾いしたかどうか、まだ分からぬぞ」

与三郎はそう言うと、刀を突きつけながら、

「まずは離れまで戻ってもらおうか」

「そう脅さんでも、逃げる気はないわい」

藤吉郎はそう言って、素直に離れへ引き返した。

三

建物に入ると、与三郎は刀を鞘におさめ、懐から細縄を取り出した。

「何をするつもりだ？」

「悪いが、まずはおぬしの手足を縛らせてもらうぞ。おぬしの素早さはまったく油断がならぬ。隙を見て逃げられるようなことになっては困るからな」

「まあ、仕方ない」

藤吉郎は素直に両手をそろえて差し出してきた。

腕を縛ったあと、藤吉郎を座らせて両足も拘束した。

「……それでは、言いたいことがあれば、言うがいい」

与三郎は一歩さがって言った。

直と源七郎は、藤吉郎の正面に立って、憎しみのこもった目で見下ろしている。

「うむ、ではまず最初に言っておくが、十年前、確かにおれは赤座党に入っていた」

「こやつめ、ぬけぬけと」

直が血相を変えたが、

「まあ、落ち着いて最後まで聞きましょう」

と与三郎は急いでなだめる。

「そうとも。いちいち話の腰を折られていては、いつまでかかるか分からぬ」

藤吉郎はそう言ってから、

「赤座党に入りはしたが、それはあくまでも表向きのこと。じっさいは、赤座党を壊滅させるために、内情を探るのが目的だったのだ」

「なにっ」

直と源七郎が声を上げた。

「おれはあの頃、尾張の蜂須賀小六《はちすかころく》どのの世話になっていてな。小六どのも野盗の首領ではあったが、それだけに、好き放題あばれ回っている赤座党が目障りでしょうがなかった。そこで、赤座党潰しをもくろんで、おれを送り込んだというわけよ」

「い、いい加減なことを言うな！」

直が叫んだ。

「では聞くがな、斎藤道三どのが討伐の軍勢を出したとき、神出鬼没の赤座党の拠点をどうやって突きとめたと思う？」

「む……」

「あれは、おれが探り出した情報を、城の連中に流してやったおかげだ」

「それが本当だとしても、おぬしが赤座党の一味となって、森家屋敷の襲撃にくわわったことは事実だろう」

「うむ、そうだな」

「では、我が父母の仇であることに違いはない」

直は藤吉郎を睨みつけたが、その目には動揺の色がうかんでいた。

「言っておくが、おれが赤座党のひとりとしてその場にいたとしても、誰も傷つけておらぬし、何も盗みとってはおらぬ」

「…………」

「さらに言えば、死人の間に埋もれて気を失っていた娘を、ひそかに運び出して近くの百姓の家に預けたのは、このおれだ」

「なっ……！」

「そうだ。つまり、おれはそなたの命の恩人ということになる」

思いがけない事実に、直は絶句した。呆然とした顔で藤吉郎を見つめる。

「それが事実だという証拠はあるのか？」

源七郎が、かすれた声でたずねた。

「証拠といわれてもな。なにしろ十年も前のことなのだ」

「……では、私を預けた家の主人の名を言ってみよ」

直が喉から声を絞りだすようにして言った。

「さあ、主人の名前までは知らん」

「ほれみろ、やはり、いい加減なことを……」

「しかし、その女房の名前なら聞いたぞ。おれが助けをもとめて戸を叩いたとき、開けてくれたのは女房どのだったからな。確か……おくめと言ったか」

その名を聞いて、直は蒼白な顔でくちびるを嚙んだ。

「そうそう、それにもうひとつ。おれが助けた娘は、右の太ももに深い傷を負っていたので、手当してやったおぼえがある。どうだ、そなたの右ももには、まだその傷跡が残っているのではないかな？」

「………」

直が黙り込んだのは、それが事実だったからだろう。

（どうやら、藤吉郎の話は信じてもよさそうだな）

与三郎はそう思った。

「どうでしょう、この男はあなたたちの仇敵ではなかったということでよろしいか？」

ふたりの顔を見回して、問いかける。

直は目をとじて、懸命に心をしずめようとしているようだった。

源七郎は、そんな主人の様子を心配そうに見守っている。

やがて、直はくるりと藤吉郎に背中を向けた。

「……確かに、あなたはわたしの命の恩人のようです。本来なら、丁重にお礼を申し上げるべきところですが、まだ気持ちの整理がつきませぬ。しばらく、ひとりにさせてください」

そう言って、直は離れから出ていった。

「直さま……」

源七郎が後を追おうとしたが、

「今はひとりにしておいてあげなされ」

と与三郎は呼びとめた。

「……はい」

源七郎は立ち止まってうなずいた。

「さあ、これでおれの命を狙う理由もなくなっただろう。この縄をほどいてくれ」

藤吉郎が朗らかな声で言った。

与三郎はしゃがみ込むと、じっと藤吉郎を見つめた。

「藤吉郎どのよ、赤座党の一件では、もはやそなたを捕らえておく理由はなくなった。だが、縄をほどくのは、私の用件が済んでからだ」

「おぬしの用件?」

「そうだ。そなたがいったい何者なのか、正体を知りたい」

「…………」

また藤吉郎の目が怪しく輝いた。

「十年前は蜂須賀党のために働いていたというが、いまのそなたの身分はどうなっている? 伊勢の商人をよそおって城へ出入りする目的はなんだ?」

与三郎が次々と問いかけても、藤吉郎は返事をしなかった。

(拷問にかけると脅しても、口を割りそうにないが……)

そのときだった。

ふいに、遠くからざわめきのようなものが伝わってきた。

「何ごとでしょう」

源七郎が表情を引きしめて、耳を澄ます。

その音は、次第にはっきりしてきた。大勢の人間がこちらへ向かってきているようだ。馬蹄《ばてい》がとどろく音も聞こえた。

「いかん、追っ手だ!」

藤吉郎が慌てて声を上げた。

「追っ手？　……そういえば、そなたは慌てて荷物をまとめていたな。あれは、やはり逃げ支度をしていたのか？」

「そうだ。俺は城の兵に追われている」

そう言ってから、藤吉郎は必死の形相で、

「分かった、おれの正体をあかそう。おれは、今は尾張の織田上総介《かずさのすけ》（信長《のぶなが》）さまにお仕えしていて、不破家には調略（政治工作）のために入り込んでいたのだ」

「つまり、兄上を織田家に寝返らせるつもりか」

「そうだ。だが、そなたの兄上はなかなか剛直でな、つけ入る隙が見つからぬ」

「だろうな。兄上は利によって釣られるようなお人ではない」

「そうこうするうち、おれが尾張の間者《かんじゃ》であることが発覚してしまったのよ」

「なるほど……」

与三郎が納得してうなずいたとき、

「大変です、大勢の兵がこちらへ向かってきているようです！」

と叫びながら、直が飛び込んできた。

与三郎が振りむくと、戸口の向こうの闇のなかに、無数の炬火《たいまつ》が揺れているのが見えた。

「頼む、与三郎どの。もはや一刻の猶予もならぬ。おれを解き放ってくれ」

藤吉郎が懸命に頼んできた。

「……いや、そうはいかない。私も追われる身だが、決して不破家や兄上が敵というわけではないのだ。城の兵がそなたを捕らえるというなら、邪魔をするわけにはいかぬ」

「まあ、待て。おれを逃がすのは、不破家のためになることなのだ」

「なに？」

「おぬしも斎藤家の先が長くないことは分かっているだろう。三年後か、四年後には、美濃は織田家の手中におさまっているはずだ」

「さあ、そう上手くいくかな」

「誤魔化すな。あれほどの地図を作ったおぬしだ、もはや織田家の勢いをとどめようがないことくらい、分かっておろうが」

藤吉郎の言葉に、与三郎は驚いて目をみはった。

「まさか、あの地図を見たのか？」

「見た。おぬしが留守の間に忍び込ませてもらったぞ。阿呆《あほう》で知られる与三郎どのが、じっさいはどのようなお人なのか、確かめたくてな」

藤吉郎はにやりと笑って言うと、

「あれは見事な地図だった。ぜひ持ち帰って殿にご覧いただきたかったほどよ」

「地図のことはいい。それよりも、斎藤家が滅びることと、そなたを逃がすことがどう関係するのだ」

「このまま不破家が斎藤家に仕えておれば、滅びるときも一緒ということになる。だが、おれを通じて織田家につながりを持っておれば、いつでも鞍替《くらが》えすることができるぞ」

「それは……」

「不破どのがどれだけ剛直なお人だろうと、稲葉山城《いなばやま》が落ちるのを目《ま》の当たりにすれば、もはや斎藤家に忠節をつくすことが無意味だと気づくのではないかな」

「………」

「この木下藤吉郎という男を信じろ。決して悪いようにはせぬ」

「……分かった」

口先の言葉に踊らされているつもりはなかった。

（この男は、ただものではない）

そう直感したからこそ、藤吉郎の話を信じることにした。

与三郎は、直と源七郎を振り返って、

「藤吉郎どのを城の追っ手から逃がしてやりたいのですが、かまいませんか？」

と問いかけた。

「もちろんです。その方は、わたしの命の恩人。なんとしても逃がして差し上げなければと思っていたところです」

直はそう答え、源七郎もうなずいた。

「分かりました。では」

与三郎はさっと刀を抜いて、藤吉郎の手足をしばった縄を切った。

「やれ、助かった」

藤吉郎は嬉しそうに立ち上がると、床に散らばっていた荷物をまとめはじめた。

「そんなものは放っておいて、早く逃げろ」

与三郎は声をかけたが、藤吉郎は、

「まあ、待て。これだけは持ち帰らねばならんのだ」

と床を這いながら、幾つかの書状を拾い集めた。

そのとき、庭にどどっと馬の足音が響いた。

「五助！　おまえが尾張の間者であることは分かっておる！　出てこい！」

大音声で呼ばわる声がする。

与三郎はその声に聞き覚えがあった。

（……あれは、田代新八郎《たしろしんぱちろう》か）

追っ手を率いているのが、不破家きっての勇士である槍《やり》の新八郎なら、ひどく手強《てごわ》い敵となるだろう。

「直どの、源七郎どの。私が表から出て、追っ手の注意を引きつける。その隙に、藤吉郎どのを裏の林へ逃がしてやってくれませんか」

与三郎は振り返って言った。

「分かりました」

「では」

与三郎は、戸口から庭へ飛び出した。

四

建物のまわりには、五人の騎馬武者がいた。それぞれ槍は手にしているものの、具足（鎧《よろい》）は身につけていない。

「おっ、出てきたぞ」

ひとりが叫んで、馬を寄せてきた。

たかが間者を狩り立てるだけと思い、すっかり油断しているようだ。

「気をつけろ！」

田代の叫び声が聞こえた。

だが、それより先に、与三郎は目の前の馬に駆け寄って、尻を斬っていた。

馬は大きくいななないて竿立《さおだ》ちになると、猛然と駆け出した。乗っていた武士は、振り落とされまいと必死にしがみつく。

「うわっ」

突進してくる馬を、ほかの武者たちは急いで避けた。

田代だけは、ひとり慌てず馬を操りながら、

「おお、そちらにおられるのは与三郎さまか。まさか、ここでお目にかかれるとは」

と嬉しそうに声を上げた。

「田代、ここは見逃してくれまいか」

与三郎はそう頼んでみたが、

「与三郎さまのお立場には同情いたすが、見つけしだい討ち果たせという主命をうけてござる。申しわけないが、その首をここで頂戴いたす」

と、田代は答えた。

(やはり、説得は無理か)

田代は槍ひとすじの勇士であるだけに、取り引きが通じる相手ではなかった。

田代はひらりと馬から飛び降り、槍をかまえて突進してきた。

与三郎は覚悟をきめて、田代を迎え撃つ。

鋭い槍のひと突きが、与三郎の顔を襲ってきた。

与三郎はさっと体を右にかたむけて、槍の穂先をかわす。

「おおっ」

田代は驚きの声を上げた。

与三郎など、あっさりと突き殺せるものだと思っていたのだろう。

田代は表情を引き締めると、

「たりゃああ！」

と雄叫《おたけ》びを上げて、次々と槍を突き出してきた。

どれも必殺の一撃で、たとえ具足で身を固めていたとしても、当たれば突き破られてしまうだろう。

与三郎はひらりひらりと舞うように、紙一重で槍をかわし続けた。

「与三郎さま、お見事」

田代は槍を手元へ引きつけると、

「驚きましたぞ、それがしの槍をここまでかわしきった者は初めてにございます。今まで侮り申していたこと、お詫《わ》びいたす」

と言った。そして、周囲の仲間に向かって、

「おぬしら、与三郎さまはおれの獲物だ。決して手出しするなよ」

「ちっ、仕方のない。我らは間者を捕らえるぞ」

三人の武者は、馬から下りて離れのなかへ飛び込んでいった。

与三郎は、とてもその三人を追う余裕はなかった。

「さあ、まいりますぞ」

田代は槍をしごいて、ふたたび襲いかかってくる。

槍の新八郎の異名どおりに、田代のわざは巧妙だった。

太股《ふともも》を突くかとみせかけて、槍の柄で足をはらい、転倒させようとする。槍を頭上から叩きつけてきたかと思うと、地面すれすれで穂先をしならせて、股を狙う。

実戦のなかで磨き上げられてきた槍術《そうじゅつ》だけに、次にどのような攻撃が来るのか、予想がつかなかった。

与三郎は防戦一方で、息が上がってきた。何度か槍先をかわしそこねて、手足に傷を負っている。血が流れると、手足がますます重くなっていく。

ふたりが戦っているうちに、徒歩《かち》の足軽たちも追いついてきた。周囲を取り囲んで、凄まじい戦いを息をのんで見守っている。

「与三郎さま、逃げてばかりでは埒《らち》があきませんぞ」

田代には、そう呼びかけてくるほどの余裕があった。

（このままでは、まずい）

与三郎の目の前に死がちらついた。

いく度か、反撃に転じる隙がないわけではなかった。

突き出された槍を払って、田代の手元に飛び込むことさえできれば、それで勝負はつく。

だが、いまも疼く肩の傷が、反撃に移ることをためらわせていた。

田代の渾身の突きを払えば、かならず痛みで一瞬の隙が生まれてしまうだろう。そうなれば、手元に飛び込んだところで、すぐさま槍を引きつけた田代によって刺し貫かれるだけだ。

その迷いが、与三郎に槍の間合いを見誤らせた。

ここまで、与三郎は飛び下がればぎりぎりで槍先をかわせる距離で戦ってきた。だが、いつの間にか田代は槍を短くかまえ直していた。与三郎はそれに気づかず、つい引きこまれるようにして、間合いの奥まで入り込んでしまっていた。

「お覚悟！」

田代はさっと手元で槍を長く持ち直し、猛然と突き出してきた。

槍先は、与三郎の予測を超えて、ぐんと伸びてきた。

（しまった）

与三郎は己の喉が突きやぶられるのを覚悟した。

だが、その瞬間、かつんと乾いた音がして、槍先がわずかにずれた。

与三郎はとっさに顔をかたむける。

ざくりと顎を切り裂かれたが、致命傷はまぬがれた。

「なにやつ！」

田代は怒りに燃えた眼《め》を横に向けた。

そこに立っていたのは、直だった。藤吉郎を逃がした後で引き返してきたようだ。

田代の槍の柄には、直が投げた小柄が突き立っている。それが、槍の先を逸《そ》らしたのだ。

「女、何をするか！」

周囲にいた足軽たちが、怒声を上げて直へ襲いかかった。

「直どの！」

与三郎はとっさに駆けようとしたが、

「まだ戦いの途中ですぞ！」

と田代が槍を突き出して阻止した。

直は懸命に足軽たちの槍をかわしていたが、背後から突き出された一本を避けきれなかった。

「あっ」

小さく悲鳴を上げて、直は倒れた。

まわりを取り囲んだ足軽たちは、槍を逆さにして振り上げ、とどめを刺そうとする。

そのとき、黒い影が猛然と駆け込んできた。

「下郎ども、下がりおれ！」

源七郎がそう叫び、左手一本で刀を振り回した。

たちまち足軽ふたりを斬り捨てたが、片手ではとても本来の力は発揮できない。

源七郎は槍をかまえた足軽たちに取り囲まれる。さらに、敵方の武士三人が駆けつけてきた。

源七郎が追い詰められていくのを横目で見ながら、与三郎は助けに行くこともできなかった。

「つまらぬ邪魔が入りましたが、あらためて勝負にけりをつけさせていただきますぞ」

田代がにっと笑って、槍を手元に引きつけた。

与三郎はひとつ深呼吸して、焦る気持ちをしずめた。

（……そうだ、確実に勝とうなどと思うから、かえって手も足もでなくなるのだ）

田代ほどの男を相手にするなら、死を覚悟の上で勝負を挑まなければならない。

与三郎はかまえを解いて、だらりと両手を垂らした。

「……どうなされた。降参されるおつもりか?」

田代はいぶかしげな顔をしたが、

「申しわけないが、生け捕る気はござらん。ここでお命を頂戴する」

と槍をかまえ直した。

間合いをはかるように、田代はじりじりと近づいてから、

「やあっ!」

と叫んで槍を突き出してきた。

胸板へ伸びてきた槍先を、さっと左に跳んでかわした与三郎は、

「だっ!」

と裂帛《れっぱく》の気合いとともに、渾身の力で刀を振り下ろした。

右肩に激痛が走り、姿勢が崩れる。かろうじて踏みとどまったが、槍で刺し殺すには十分すぎるほどの隙だった。

だが、田代の槍は、先端から五寸(十五センチ)ほどのところで見事に切断されていた。

「おのれ!」

田代は慌てて槍を捨て、刀に手をかけた。

だが、そのときすでに、与三郎は田代の懐まで飛び込んでいた。

「やっ」

与三郎が一閃させた刀が、田代の右肩から胸までを深々と断ち割っていた。

「……お見事」

田代の体がぐらりと揺れた。

地面に仰向《あおむ》けに倒れたときには、田代はすでに息絶えていた。

「ああっ、田代さまが！」

周囲にいた足軽から、悲鳴のような叫びが上がった。

「なに、田代どのが？」

慌てて振り返った武士のひとりが、

「ぐああっ」

と叫んで倒れた。源七郎が隙を逃さず背中を断ったのだ。

与三郎は源七郎たちのもとへ駆け寄り、まわりの足軽たちを追い散らした。

「ええい、敵はどちらも手負いだ。とり囲んで弱らせろ」

残った武士が叫んだ。

足軽たちは急いで与三郎たちから距離をとり、遠巻きにして囲んだ。

「弓だ、弓を持ってこい」

もうひとりの武士が指示する。遠くから射殺すつもりのようだ。

「源七郎どの、お傷はどうか？」

与三郎が周囲に目を向けながらたずねると、源七郎は荒い息を吐きながら、

「残念ですが、拙者はここまでのようです」

と答えた。

「気弱なことを申されるな」

「いえ、腹を刺し貫かれ、臓物が洩《も》れておりますから、長くは持ちませぬ」

それを聞いて、ちらりと源七郎に目をやると、衣服が血でぐっしょり濡れているのが分かった。まだ立っていられるのが不思議なくらいの流血だ。

「拙者はここを死に場所にするつもりです」

源七郎はそう言って、

「それよりも、姫さまのことをお願いできましょうか。背中を深く刺されておりますが、急いで手当をすれば、命をとりとめられるかもしれませぬ」

と頼んできた。

地面に倒れた直は、目を閉じてぴくりとも動かない。だが、確かにまだ息があるようだった。

「いや、三人そろって、ここを切り抜けましょう」

与三郎はそう励ましたものの、

（私も、覚悟を決めた方がよさそうだ）

と内心で思った。

田代との死闘で、すでに気力体力を使い果たしている。かりに足軽たちの囲いを打ちやぶれたとしても、直と源七郎をつれて遠くまで逃げるのは無理だろう。

そのとき、囲いの外側にいた武士のもとに、弓と矢が届けられるのが見えた。このままでは、野の獣のように矢でいたぶり殺されることになる。

（こうなれば、最後にひと暴れするか）

与三郎が囲いに向かって突進しようと、刀をかまえ直したときだった。

どこからか、馬のいななきが聞こえてきた。先ほど、追っ手の武士たちが乗り捨てた馬のようだ。

すぐに、どどっと激しく馬蹄がとどろいて、二頭の馬が突き進んできた。

暴れ馬に驚いた足軽たちが慌てて逃げまどう。

包囲の一角が崩れて、そこから馬が飛び込んできた。

（いったい、どうなっている？）

与三郎が戸惑っていると、馬の背でむくりと人影が起き上がった。

「さあ、早く乗れ！」

叫んだのは藤吉郎だった。

「助かったぞ！」

与三郎は空き馬の鞍に飛び乗って、

「直どのを！」

と源七郎に言った。

源七郎は急いで直を抱き上げた。

与三郎も手を貸して、直の体を馬上へ引き上げ、自分の前にまたがらせる。意識のない直が落馬しないよう、腰に手を回してしっかり抱き寄せた。

「ええい、やつらを逃がすな！」

武士が叫び、足軽たちが槍をかまえて一斉に突きすすんできた。

源七郎が左手で刀を握り、迎え撃とうとする。

「源七郎どのも馬へ！」

与三郎は叫んだ。

だが、源七郎は目の前の足軽をひとり斬り捨てた後、

「拙者はここで敵を足止めします。与三郎どのは、直さまをつれてお逃げください」

と答えた。

「しかし……」

「それがしの死を無駄にしないでくだされ！」

叫んだ源七郎の背中に矢がひとすじ突き立った。だが、源七郎はまるで怯《ひる》むことなく、敵にむき直って刀をかまえる。

「……分かりました。直どののことはお任せください」

「かたじけない。たのみましたぞ」

ちらりと振り返った源七郎は、笑みをうかべた。

「それっ」

与三郎は馬の腹をけり、一気に駆け出した。その後に藤吉郎の馬もつづく。

数人の足軽が槍を突き出してきたが、与三郎は刀を振って払いのける。

包囲を突破した二頭の馬は、無人の野を疾走した。

城の兵たちは、大暴れする源七郎を相手にするのに必死で、馬を追うどころではないようだった。

やがて、屋敷から遠く離れたところで、与三郎は馬をとめて振り返った。

(源七郎どの、あなたの死は決して無駄にはしませんぞ)

与三郎はそう心に誓った。

「何をしている。早くせねば、すぐに次の追っ手が出てくるぞ」

藤吉郎が苛立ったように声をかけてきた。

「分かった」

与三郎はふたたび馬の腹をけった。

しばらく走ってから、与三郎は藤吉郎と馬をならべた。

「それにしても、藤吉郎どのが我らを助けに戻ってくるとは思わなかったぞ」

「なに、我が殿は、武士の見苦しいふるまいが何よりお嫌いでな。命の恩人を見捨ててひとりで逃げるなど、後でお耳に入れれば切腹を命じられるかもしれん」

「上総介（信長）さまとは、それほど苛烈なお方か」

「卑怯者《ひきょう》と怠け者がお嫌いというだけよ。その代わり、ひとたび勇士と認めれば、一度や二度の失敗は笑ってお許しになる心の広さをお持ちだ」

「ふむ……」

これまで与三郎が思い描いていた信長とは、貪欲な侵略者というだけだった。しかし、その姿を修正する必要がありそうだ。

「それよりも、これからどこへ向かうつもりだ。城の兵たちはすべての街道を封鎖するだろう。しばらくは山にでも潜むしかないな」

藤吉郎の言葉に、与三郎は首をふった。

「いや、一刻も早く直どのの傷の手当をせねばならぬ。山へ隠れている暇などない」

直の体は氷のように冷たくなっていた。呼吸もほとんど止まりかけているようだ。

「では、どうするつもりだ。誰か、我らをかくまってくれる者でもいるのか？」

「ひとりだけ、あるいは、という方がいる」

「誰だ？」

「菩提山《ぼだいさん》城主の、竹中半兵衛《たけなかはんべえ》さまだ」

「おお、竹中どのか」

藤吉郎は嬉しそうに声を上げて、

「あの御仁の噂はかねがね聞いておる。一度お目にかかりたいと思っていたところだ」

と今の状況も忘れたように、目を輝かせて言った。

「だが、我らは不破家に追われる身だ。もしかくまえば、竹中家と不破家が対立することになりかねない。そこまでして、竹中さまが我らをかばってくれるかどうか」

与三郎は厳しい声で言った。

「うむ……」

「場合によっては、我らは捕らえられて、不破家へ引き渡されるかもしれぬ。もし心配ならば、藤吉郎どのはここで別れてひとりで逃げてもかまわぬぞ」

「……いや、一緒にいこう」

「そうか」

藤吉郎に頼もしさを感じはじめていただけに、同行してくれるのはありがたかった。

「では、参ろう」

与三郎は馬の首を北西に向け、腹をけって駆けさせた。

八章　菩提山城の決戦

一

東の空がわずかに白んできた頃、前方の森のむこうに菩提山城の姿が見えてきた。高さ百三十丈（三百九十メートル）の菩提山に築かれた山城で、小振りながらもいかにも難攻不落という印象を与えてくる。

城主の半兵衛や家臣たちは、ふだんは山のふもとにある屋敷で暮らしているはずだった。

小さな城下町へ入り、半兵衛の屋敷に向かう。

まだ住人のほとんどは寝静まっているようだ。

屋敷の表門は閉ざされていた。だが、番兵が馬の走る音を聞きつけたらしく、通用口を開けて顔をのぞかせた。

「それがし、不破与三郎でござる。城主の竹中さまにお目通りを願いたい」

そう呼びかけると、番兵は急いで奥に戻っていった。

しばらく待つうちに、表門がゆっくりと開いた。

出てきたのは、炬火を手にした老臣だった。小松三郎兵衛《こまつさぶろうべえ》という名で、与三郎とも面識があった。

「おお、これは与三郎さま。お久しぶりにございますな。いかがなさった」

「ご覧の通り、怪我人を抱えておりましてな。詳しい事情は後ほどお話しいたしますゆえ、まずは手当をさせていただきたい」

与三郎がそう答えると、小松は伸び上がって直の様子を見て、

「む、これはいかん。さっそくに治療の支度をいたしましょう」

と言った。

小松が小者たちに命令している間に、与三郎は馬から直の体を下ろした。藤吉郎も手伝ってくれる。

「ところで、そちらのお連れさまは、どなたですかな」

小松が藤吉郎を見て言った。

「それもまた、後ほどご説明いたします」

ここで織田家の間者だと紹介すれば、ひと騒動が起きてしまうだろう。

幸い、小松はそれ以上質問することもなく、

「では、こちらへ」

と玄関へ案内してくれた。

与三郎は直を抱きかかえて後につづく。

屋敷へ上がると、十帖ほどの広さの部屋にとおされた。

すでに数人の下女たちが働いていて、寝床のほかに、盥《たらい》に入った湯や、清潔な白布などが用意されていた。

与三郎は直をゆっくりと寝床へ下ろした。

「どなたか、金瘡《きんそう》（刀傷）の治療に巧みな方がおられますか？」

そうたずねてみると、

「城下にひとり、医者がおりますが、呼び寄せるには時間がかかりましょう」

と小松は答えた。

「そうですか……では、私が手当をすることにいたします。手伝いのために、気のしっかりした女中をひとり残して、ほかの方は部屋を出ていただけますか」

「分かりました」

小松はうなずき、女中たちに指図した後、

「あなたさまもこちらへ」

と藤吉郎に声をかけた。

「では、また後ほどな」

藤吉郎はぽんと与三郎の肩をたたいて、小松とともに部屋を出ていった。

戸が閉められると、与三郎はさっそく治療に取りかかった。

「失礼いたす」

そう声をかけて、直の衣服をすべて脱がしていく。ひとり残った中年の女中もてきぱきと手伝ってくれた。

裸になった直の体は、血にまみれていた。まずは、女中が湯につけて絞ってくれた布で、丁寧に拭き清めていく。

汚れを十分に落としたところで、体をうつ伏せにさせた。

槍で突かれた傷は、右肩の骨のすぐ下にあった。三寸（九センチ）ほどの深さもあるが、幸い、肺には達していないようだった。ただし、流血はひどく、拭った端からつぎつぎとあふれ出てくる。

「焼酎を頼む」

与三郎が言うと、女中は徳利に入れた焼酎を渡してくれた。

傷口に焼酎を注ぎ、白い脂肪がはっきり見えるまで丹念に洗った。

「うぅ……」

直が微かなうめき声を洩らす。

それから、与三郎は膏薬を塗った布を傷口に押しあてた。その上に麻布をあて、傷口が開かないよう固く巻いていく。

手当がすべて終わったところで、女中が用意してくれた清潔な衣服を直に着せる。

「手当の後、この薬を湯に混ぜてお口へ含ませるよう、小松さまより言われております」

女中がそう言って、紙に包まれた粉薬を差し出してきた。

「これは？」

「薬草を煎じて混ぜたもので、竹中家に代々つたわる気付けの秘薬だそうです」

「ありがたい」

与三郎はさっそく茶碗《ちゃわん》に湯を注いで、薬を混ぜた。

湯がぬるくなるのを待って、直の唇に茶碗をあてる。

だが、意識を失った直は、どうやっても薬湯を口に含もうとはしなかった。

（しかたない）

与三郎は自ら薬湯を口に含むと、口移しで直に飲ませた。

直は少量ながら、どうにか薬湯を飲みくだしてくれる。

これで、与三郎にできることはすべてやった。

（命を取りとめるかどうか、あとは直どの自身の生命力にかけるしかない）

直の肌は、相変わらず死人のように青白いままだった。

「あとのお世話はわたくしがお引き受けいたしますので、ご自身の傷のお手当もなさってください」

女中に言われて、与三郎はやっと自分も手傷を負っていることを思い出した。

調べてみると、田代の槍で切り裂かれた顎のほか、手足には六つもの傷があった。

急いで血と泥を拭き、焼酎で消毒してから、膏薬を貼った。

与三郎のための衣装も用意されていたので、それに着替える。

「……では、その娘の世話を頼むぞ」

与三郎が女中に声をかけると、

「万事、おまかせくださいませ」

という落ち着いた返事があった。

与三郎が部屋を出ると、廊下で小松が待っていた。

「手当はお済みになりましたか？」

「はい、おかげさまで」

「では、さっそく殿のもとへご案内してもよろしゅうございますか？」

「ええ、お願いします」

小松の案内で、与三郎は屋敷の奥へ向かった。

（さて、藤吉郎のことをどう説明したものか）

織田家の間者をつれ込んだとなれば、さすがに半兵衛も扱いに困るかもしれない。正直に事情を打ち明けるべきか、それとも作り話で誤魔化す方がよいのか、迷うところだった。

考えがまとまらないうちに、小松が立ちどまった。半兵衛の待つ部屋に着いたようだ。

「殿、失礼いたします。与三郎さまをおつれいたしました」

小松が襖ごしに声をかけると、

「うむ、お通ししてくれ」

と半兵衛の声がおうじた。

小松が襖を開け、与三郎は部屋へ入った。

「失礼いたします」

そこは六帖ほどの小部屋だった。

意外にも、そこには半兵衛のほかに、藤吉郎の姿もあった。ふたりは向かい合って座っている。

「おう、与三郎どの。あの娘御の手当は終わったか？」

藤吉郎が振りむいてたずねてきた。

「ああ、とりあえずはな。だが、まだ意識は失ったままで、命をとりとめるかどうかは、難しいところだ」

「そうか……」

藤吉郎は心配そうに表情をくもらせた。

「さあ、どうぞお座りください」

半兵衛が声をかけてきた。

あいかわらず顔色が悪く、何か重い病を想像させるが、その表情は穏やかだ。

「は、では」

与三郎は遠慮がちに腰を下ろすと、

「このたびは、ご迷惑をおかけしてしまい、まことに申しわけございませぬ」

と深く頭を下げた。

「いえ、お気になさらないでください。おおよその事情は、すでにこちらの藤吉郎どのから聞いております」

半兵衛は静かな声で言う。

(藤吉郎め、いったいどこまで話したのだろう)

与三郎がちらりと目を向けると、

「あっはっは、妙な顔をするな。心配しなくとも、半兵衛どのは何もかもご存じであったわい」

と藤吉郎は言った。

「何もかも、というと……」

「おれが織田の家臣であることも、とっくに知っておられたのさ」

「えっ」

与三郎は驚いて、半兵衛を見た。

「そう驚くことはありません。ちゃんと理由があってのことですから」

半兵衛は苦笑すると、こん、と軽く咳《せき》をしてから、

「北方《きたがた》城主の安藤日向守《あんどうひゅうがのかみ》（守就《もりなり》）が私の舅《しゅうと》にあたることはご存じですね？」

「はい」

「その舅のもとへ、すでに藤吉郎どのは何度も出入りしているのです。織田への寝返りを勧められ、舅はずいぶんと心を動かされておりまして、私のもとへも何度も相談にみえました」

「そこで藤吉郎どののことも聞いていた、というわけですか」

「ええ」

「言っておくが、安藤どのだけではないぞ」

と藤吉郎は得意そうに、

「曽根《そね》城の稲葉《いなば》どの、牧田《まきた》城の氏家《うじいえ》どのも、すでに心は斎藤家より離れておる。西美濃でいまだに斎藤家へ忠誠をちかっているのは不破どのだけ、といっても過言ではない」

と言った。

（こやつ、やはりただ者ではないな）

与三郎は言葉を失い、まじまじと藤吉郎を見つめた。

「……もしや、竹中さまもすでに織田家への寝返りを決めておられるのですか？」

おそるおそるたずねると、半兵衛は微笑《ほほえ》んで首を横に振った。

「今のところ、そのつもりはありません」

「さようですか」

与三郎はほっとした。

「なぜでございます？」

と藤吉郎は不思議そうに首をかしげ、

「半兵衛どのこそ、真っ先に斎藤家に見切りをつけていいはずです。これほどの知略をお持ちでありながら、龍興どのからはずっと冷遇されておられるではありませんか」

「もちろん、龍興さまが竹中家の将来を託すに足るお方だと思っているわけではありません。ですが、だからといって上総介（信長）どのこそが仕えるべき主人だとも思えないのです」

「いったい何が気に入らぬのです？　わが殿は、龍興などとは比べものにならぬほどの大器ですぞ。そのうえ、半兵衛どのの才略を高く買っておられるというのに」

「上総介どのは、あまりにも利を追い求められすぎる。物事をすべて利で判断し、利につながらないものは無価値と考えるお方でしょう。いや、これは決して上総介どのを非難しているのではありません。ただ、私とは生き方のありようが違いすぎるというだけのことです」

「しかし……」

藤吉郎が反論しようとしたところで、与三郎は見かねて口をはさんだ。

「焦って説得したところで、人の心は動かぬぞ。それくらいのことは、藤吉郎どのも分かっておろうが」

「……うむ、そうだな。半兵衛どのについに会えた嬉しさに、少し舞い上がっていたようだ」

藤吉郎は気恥ずかしそうに頭をかいて、

「まずはこの藤吉郎がどういう男か、じっくり時をかけて半兵衛どのに分かってもらおう。返事を聞くのは、それからのことだ」

と言った。

半兵衛はちらりと微笑んでから、表情を引き締めて、

「ともかく、先々のことはひとまず置いておき、当面の問題について考えましょう。与三郎どのが手当をしていた女性が、あなたの潔白を示す証人になってくれると聞きましたが、そうなのですか？」

「はい」

与三郎はうなずいて、これまでのいきさつを詳しく話した。

「……なるほど、そういうことであれば光治どのも納得されるはず。私も、あらためて裁きの場に立ち会わせていただきましょう」

「そうしていただけますと、助かります」

そのとき、廊下に人の気配がした。

「殿、お話し中のところを、失礼いたします」

声をかけてきたのは小松だった。

「どうしたのだ？」

「至急、ご報告せねばならぬことがございまして」

「よし、入れ」

半兵衛がそう応じると、小松は襖を開けて一礼し、素早く入ってきた。

「殿がお命じになったとおり、斥候《せっこう》（偵察）の兵を出しておいたのですが、城へ向かってくる軍勢があるという報告がありました」

「もしや、不破家の兵か？」

「はい」

それを聞いて、与三郎はさっと血の気がひいた。

「どうやら、我らが竹中さまを頼ったことを、はやくも嗅ぎつけたようです」

「そのようですね。……小松、敵兵の数はどれほどだ」

「正確な数はまだ分かりませぬが、四、五百ほどかと」

「ふむ……」

不破家の最大の動員兵力は七百名といったところだ。もっとも、これは領内から雑兵をかき集めた場合だ。今回のような慌ただしい出陣であれば、もっと少なくなるだろう。

「兄上が、本気で竹中さまに戦さをしかけるとは思えないのですが……」

与三郎は困惑しながら言った。

「光治どのの意図がどうであれ、まずは城へ入った方がよさそうです」

半兵衛は落ち着いた声で言うと、

「三郎兵衛、至急、城下の兵をあつめて籠城の支度をせよ」

と指示した。

「はっ、かしこまりました」

小松は部屋を飛び出していく。

「ところで、尾張の間者を差しだせ、とあちらが要求してきたら、どうなさるおつもりですかな」

藤吉郎がにやりと笑って聞いた。

「そうですね、知らぬ間にどこかへ逃げてしまった、とでも言いましょう」

半兵衛はそう答えてから、立ち上がって、

「誰かおらぬか」

と声をかけた。

すぐに小姓がひとり現れた。

「何のご用でございましょうか」

「私の具足を用意せよ」

「はっ」

小姓が立ち去る前に、与三郎は急いで、

「竹中さま、もしよろしければ、私にも具足を一領お貸し願えませんか」

と頼んだ。

「おお、これは気づきませなんだ」

半兵衛は済まなそうに言って、

「この御仁を武具部屋へご案内せよ」

と小姓に命じた。

「かたじけのうございます」

与三郎は頭をさげてから、小姓に案内されて部屋を出た。

二

武具のおさめられた部屋に着くと、与三郎はさっそく体に合う具足を探しはじめた。

その間にも、兵の召集を知らせる法螺貝《ほらがい》の音が、城下に響き渡るのが聞こえた。

やがて、やや古びてはいるが、体にぴたりと合う具足が見つかった。手入れはしっかりとされており、どこにも破れやほつれはない。

小姓の手を借りて具足を身につけると、兜《かぶと》を腕にかかえて屋敷の表に出た。

すでに多数の兵卒たちが城に向かって通りを駆けている。さすが半兵衛の配下だけあって、動きは機敏でまったくゆるみが見られない。

屋敷の前には小松の姿もあった。籠城のための物資の運び出しを指図しているようだ。

与三郎は小松のもとへ駆け寄って、

「竹中さまはいずこにおわしますか」

とたずねた。

「殿でしたら、すでに城に入って指揮をされております」

「私が治療した女人《にょにん》ですが、安全な場所へ移していただけますか？」

「そのことでしたら、すでに殿から指示を受けてございます。戸板に寝かせて城まで運び上げることになっております」

「ご配慮、ありがとうございます」

その場でしばらく待つうちに、屈強な人夫ふたりにかつがれて、戸板が運びだされてきた。

戸板に寝かされた直は、まだ意識を失ったままだった。顔色は蒼白だが、唇にわずかに血の色が戻っているような気がした。

「よし、頼むぞ」

与三郎は人夫に声をかけ、直に付きそって城に向かった。

曲がりくねった急な坂道をのぼっていった先に、菩提山城の大手門があった。周囲には多くのかがり火が焚《た》かれて、真昼のような明るさだ。

城門のうえの櫓《やぐら》に、半兵衛の姿が見えた。周囲にひかえた使番たちに、次々と指示を与えている。

辺りを見回してみたが、藤吉郎の姿はどこにも見られなかった。

城内に入った後、さらに急な道を上がっていき、やがて小さな広場に到達した。そこには幾つか小屋がならんでいて、直はそのうちのひとつに運び込まれた。

小屋のなかには、家臣の妻や子たちの姿があった。みな、顔に不安の色はあるものの、落ち着いた様子だ。

直が床に寝かされると、すぐに女のひとりが側にやってきて、

「このお方のことは、私どもにお任せください」

と言ってくれた。

「よろしくお頼み申し上げます」

与三郎は深々と一礼した。

(我らがこの戦さ騒ぎを引き起こしたと知っているだろうに)

恨みの色ひとつ見せない女たちに、与三郎は深い感謝の気持ちを抱いた。

小屋を出たあと、坂をくだっていって大手門に戻った。

梯子《はしご》で櫓へ上がると、そこには半兵衛と小松の姿だけがあった。

すでにすべての指示を出し終えたのだろう。ふたりは無言でじっと彼方《かなた》の平野を見下ろしている。

もう間もなく夜は明けようとしていた。

靄《もや》がかった藍色の景色のなかに、縦列を作ってこちらに進んでくる兵たちの姿が見えた。

半兵衛はその兵たちを指さし、小松に何か言おうとする。

そのとき、ふいに半兵衛はごほごほと激しく咳《せ》き込みはじめた。片手で口元をおさえ、曲げた背中を苦しげにふるわせる。

与三郎は驚いたが、どうすることもできない。

そばにいた小松は、慌てるようなこともなく、じっと主人の発作がおさまるのを待っていた。

やがて、半兵衛の咳がとまった。

小松が差し出した布を受けとり、さっと口元をぬぐった半兵衛は、

「どうも、失礼いたしました」

と済まなそうに与三郎を見た。

「無理をなさらない方がよろしいのでは？」

与三郎の見たところ、半兵衛はとても戦いを指揮できる体調とは思えなかった。

「いえ、お気遣いは無用です」
半兵衛はきっぱりと言った。
そうなると、与三郎も余計な口出しはできなかった。
(竹中さまは、つねに己の命数を削りながら戦さにのぞんでいるのではないか)
そんな鬼気迫るものを与三郎は感じていた。
改めて不破勢の隊列に目を向けた半兵衛は、
「……ざっと、五百といったところでしょうか」
と言った。
与三郎が目算したところでも、確かにそのくらいの兵数のようだった。
「兵を率いているのは、兄上ではないようです」
じっと目をこらしながら、与三郎は言った。
隊列の先頭で馬にゆられている将は、体格からしてあきらかに光治ではなかった。
「ふむ、妙ですね。光治どのは、このようなときに兵の指揮を家臣にまかせるような
お人ではないはずですが」
半兵衛が首をかしげて言う。
(何か、異変でも起きたのだろうか)
与三郎も不審に思った。

それからしばらくして、城への物資の運び入れも終わり、大手門は閉められた。

櫓の上には兵士がならび、それぞれ手にした弓を入念に確かめている。

城兵はせいぜい百数十人といったところだろう。しかし、この堅城なら千人の敵を迎えても十分に持ちこたえられるはずだ。

（やつらは本気で城を攻めるつもりなのだろうか）

それとも、ほかに狙いがあるのか。

「……そういえば、藤吉郎どのはどこに？」

ふと思い出して与三郎がたずねると、

「先ほど、城へ入る姿をお見かけしましたが、どこで何をされているかは分かりませぬ」

と小松が答えた。

四半刻（三十分）ほど後、不破勢の先手が城下町に入った。

与三郎は緊張しながら兵たちの動きを見守った。

不破の兵たちは、城下の建物に火をかけるようなこともなく、静かに城門へ接近してくる。

やがて、大手門より五十間（九十メートル）ほど離れた位置で、兵は横に広がって陣を作った。

城兵の弓が届く距離だが、半兵衛はまだ矢をつがえるようには命じなかった。

不破勢の陣が整ったところで、馬に乗った将が前に出てきた。

（あれは……岸か？）

兜を深くかぶって顔はよく見えない。

しかし、肥えた腹をむりに具足へ詰め込んだような姿からすると、間違いないだろう。

「御城主の竹中半兵衛さまにおたずねもうす！」

岸が声を張り上げて呼びかけてきた。

「たずねたきこととは何ぞ」

櫓上から半兵衛が応じる。

「こちらの城に逃げ込んだ与三郎さまは、いずこにおわすや」

「与三郎どのなら、こちらにいる」

半兵衛の答えを聞いて、岸は兜の眉庇《まびさし》を押し上げながら櫓を見上げた。

与三郎と目が合うと、岸は憎々しげに頬をゆがめる。

「与三郎さまが領民を殺めた罪で追われておることは、竹中さまもご存じでございましょう！　そのうえ、今度はあらたに織田の間者の逃亡を助けたのです。どうか、両名を我らにお引き渡しいただきたい！」

岸は激しい口調で要求した。

「領民殺しの件については、もちろん承知している」

半兵衛は落ち着いた声で応じ、

「だが、私としては、もう一度公正な裁きがおこなわれるべきだと思っているし、それまでは与三郎どのの身柄を預かるつもりだ」

「なっ……」

岸は顔をゆがめて、半兵衛を睨みつけた。

「また、織田の間者については、確かに城下へ入り込んだようではあるが、この戦さ騒ぎにまぎれて、どこかへ逃げてしまったらしい」

半兵衛は穏やかな表情のままで、そう告げた。

「……分かり申した。これ以上、竹中さまと交渉しても無駄のようでござりますな」

岸は吐きすてるように言うと、視線を与三郎へ戻して、

「このような大騒動を引き起こすとは、まったく呆《あき》れ果てたことじゃ。こうなれば、我らも非常の手段をとりますぞ！」

と叫んだ。

(何をするつもりだ？)

与三郎がいぶかしんでいると、岸は配下の兵士に何か合図をした。

兵士は隊列の奥へ入っていき、やがて数人の部下を引きつれて戻ってきた。それぞれが、縄でしばられた捕虜らしい人間をつれている。

「……まさか！」

与三郎は城壁から身を乗り出した。

捕虜に見えたのは、すべて与三郎の親しい人々だった。宇八をはじめとして、きね、谷岡、遠藤の四人だ。

「岸、その者たちをどうするつもりだ⁉」

与三郎は激情に声をふるわせながら叫んだ。

「この者たちが、裏で与三郎さまに通じていたことは分かっております。ここへおつれしてはおりませんが、円了さまも一味として捕らえております」

岸はそう言うと、にやりと笑って、

「もし与三郎さまが我らに降伏しないというのであれば、この者たちを順に殺していきますぞ」

と告げた。

（なんということを……！）

与三郎が歯を食いしばりながら見守るうちに、地面に四本の杭《くい》が打たれた。そして、四人がそれぞれ杭に縛りつけられる。

「若！　このような者の言うことに従う必要はありませぬぞ！　それがしを殺したければ、さっさと殺すがいい！」

宇八が必死の形相で叫んだ。

「ええい、黙れ！」

岸は手にした馬上鞭《ばじょうむち》を振り上げ、宇八の横っ面を殴った。

宇八の口元が裂けて、血が飛ぶ。

だが、宇八はひるむことなく、

「わしを黙らせたければ殺せ！　でなければ、きさまを罵り続けてやるぞ！」

と怒鳴った。

宇八が人質として利用されないために、わざと挑発して殺されようとしているのが分かった。

他の三人も、命乞いする気はないようだった。

谷岡はぐっと唇を引きむすんで空を睨み、遠藤は覚悟を決めたように静かに目を閉じている。そして、きねは、ふるえながらも恐怖を必死でこらえる様子で、与三郎の方をじっと見つめていた。

「よし、ではまず、おのれから殺してやろう」

岸はついに我慢しきれなくなったように言った。

さっと手を挙げると、槍を持った足軽ふたりが宇八の両側に立つ。

「やれ！」

岸の合図で、足軽は槍をかまえて、宇八の両わきを突き刺そうとした。

「待て！」

与三郎は必死に叫んだ。

足軽がぴたりと動きを止める。

「与三郎さま、どうなさった」

岸がにんまりと笑い、与三郎を見上げた。

「分かった、おぬしの勝ちだ。何でも言うことに従おう」

「それはようござった。ではまず、織田の間者をここへ連れてきていただきましょう」

「なに？　それは、さっきも竹中さまがおっしゃったとおり……」

「そのような嘘で、それがしを欺けるとお思いか。間者が城中にかくまわれていることなど、お見通しじゃ。さあ、早く連れてきなされ。できぬと言うなら、この者たちを殺していくまでよ」

岸は苛立たしそうに言った。

（くっ、どうすれば……）

与三郎は追い詰められた。

自分の命はもう捨てた気になっている。だが、藤吉郎も一緒となると話は別だ。もし藤吉郎が捕らえられたら、拷問の末に斬首されることになるだろう。四人の命を救うために代わりに死んでくれ、とは言えない。たとえ頼んだところで藤吉郎も断るに決まっている。

「ほう、まだ迷っておいでか。では、覚悟を決めてもらうために、誰かひとりに死んでもらうとするか」

「分かった、しばらく時をくれ。すぐに間者を連れてくる」

時間稼ぎのつもりだったが、岸はそれを見透かしたように、

「長くは待てませぬぞ。日があそこへ移るまでにつれてこなければ、この者たちは死ぬことになりますからな」

と言って、鞭の先で山々の峰のひとつを示した。

それまで、ざっと四半刻（三十分）といったところだろうか。

「……承知した」

与三郎はそう答えて、櫓から下りた。

（どうにかして、みなを救う方法はないものか）

懸命に考えたが、今度ばかりはどんな策も思いうかばない。

「与三郎どの、どうなさるおつもりです？」

後を追ってきた半兵衛が、たずねてきた。

「……分かりませぬ」

与三郎は力なく首を振り、

「もし竹中さまによき知恵がありましたら、お教え願いたいのですが」

と頼んだ。

「あいにくと、私も名案はうかびません。ただ、ひとつ気になることがあります」

「何でしょう」

「岸どのは、たかが間者ひとりに、なぜあれほどまでこだわるのでしょうか。今の美濃には数えきれぬほどの間者が入り込んでいます。それをいちいち捕らえて回っても、きりがないはずです」

「確かに……」

「何か特別に追われる理由でもあるのか、藤吉郎どのを探してたずねてみては？」

半兵衛がそう言ったとき、

「探す必要はござらんぞ」

と声がした。

与三郎たちが振りむくと、藤吉郎がこちらに向かって歩いてきていた。

「藤吉郎どの、どこにいたのだ」

与三郎がとがめるように言うと、

「なに、すぐそこの小屋だ。おぬしと敵方のやりとりも、すべて聞こえていたぞ」

と藤吉郎は答えた。

「では、我らの置かれた状況も分かっているのだな？」

「もちろんだとも。それより、あの岸という家老が、どうしておれを捕らえようと必死なのか、その理由を知りたくないか？」

藤吉郎はにやりと笑って言う。

「なぜだ？」

「その答えは、ここに書いてある」

藤吉郎は懐から書状の束を取り出した。昨夜、追っ手から逃れるときに、離れから慌てて持ち出していたもののようだ。

「この書状はな、お鶴の方さまの部屋より盗み出したものだ。そのせいで、おれは城の兵に追われるはめになったというわけだ」

「なにっ……どうしてそれを隠していたのだ？」

「隠していたわけではない。話す暇がなかっただけのことだ」

「どうだかな」

「ともかく、おれも今まで中身を知らなかったのだが、さっき読んでみて驚いた。おぬしも見てみろ」

藤吉郎は一通を与三郎に手渡した。

与三郎は書状を開いた。どうやら起請文《きしょうもん》（誓約書）のようだ。

その文言に目を通すうち、はっと息をのむ。

「藤吉郎どの、これは……⁉」

「ははは、岸が必死でおれを追い回すわけさ。ほかにも、何通か面白い手紙があった」

「もしよろしければ、私にも見せていただけますか？」

半兵衛が言ったので、

「どうぞ」

と与三郎は書状を手渡した。

半兵衛はじっと書状に目を通してから、こほっ、と咳をして、

「……なるほど、裏にこのような事情があったわけですか」

とつぶやいた。

「竹中さま、ひとつお願いがございます」

与三郎は言った。

「なんでしょう」

「いまの状況をうちやぶる一計を思いつきました。ですが、私ひとりではどうにもなりませぬ。どうか、お力をお貸し願えないでしょうか」

与三郎がそう頼むと、半兵衛は微笑をうかべて、

「実は、私もひとつ策を思いついたところでした。それが同じかどうか、互いの手のうちを明かしてみましょうか」

と応じる。

「待った待った、それがしにも腹案がござってな。まずはそちらから聞いていただきたい」

藤吉郎が急いで言った。

（どうやら、三人とも考えは同じのようだな）

与三郎はふたりの顔を見回してうなずいた。

三

太陽が山々の峰のひとつに差しかかった。

「刻限が来たぞ！　与三郎さまは何をしておる！」

岸が馬上で苛立たしげに叫んだ。

だが、大手門の櫓上には守備兵がいるだけで、返答する者はいなかった。

「よかろう、ではこちらも約束通りに殺していくまでじゃ」

岸は杭に縛りつけられた四人を振り返ってから、

「……よし、まずはその小娘を殺せ」

と鞭の先できねを指した。

ふたりの足軽がきねの両側に立ち、槍をかまえた。

「待て！　殺すならわしからにしろ」

宇八がそう叫ぶと、

「いや、ご家老、拙者からにしていただこう！」

と谷岡も声を上げた。

「うるさいやつらよ。与三郎さまがこのまま隠れ続けるなら、じきにおぬしらの順番も回ってくる。それまで大人しく待っていろ」

岸はそう応じると、処刑の合図をするために、鞭を振り上げた。

きねは死を覚悟したように、ぎゅっと目をつぶる。

足軽の槍先が、きねの両わきに向けられた。

「待て！」

突然、大手門の櫓上で大声がした。

「なにやつだ！」

岸が櫓を見上げて言う。

「おぬしが探している尾張の間者よ」

朗々とした声で名乗ったのは、藤吉郎だった。その小柄な体からは想像もつかないような大音声だ。

「おのれが間者か！　与三郎さまはどうした！」

岸が叫ぶと、藤吉郎のとなりに半兵衛もやってきて、

「そう慌てることはない。すぐにそなたの前に姿をあらわすはずだ」

と答えた。

「竹中さま、これはどういうことでございます！　なぜ、織田の間者を捕らえぬのです！」

岸が目を剝《む》いて怒鳴る。

「捕らえてもよいが、その前に、この者の話を聞いてもらおう。岸どのだけではない、ここにいる不破家の将士一同にも聞いてもらいたい」

半兵衛が呼びかけると、兵たちは何ごとかと怪しむように、一斉に藤吉郎に目を向けた。

「それがしは、お鶴の方さまの部屋でこのような書状を見つけた」

藤吉郎は懐から書状を取り出し、高々と掲げてみせた。

「これはな、岸どのとお鶴の方さまの間で交わされた起請文じゃ」

「よせ！　竹中さま、その者を黙らせてくだされ！」

岸が慌てて叫んだが、藤吉郎はその声をかき消すような大声で、

「ここにはこう約束されている。お鶴の方さまの子である光孝《みつたか》どのが不破家の当主となったあかつきには、岸どのの孫娘を正室として迎える、と」

それを聞いた不破家の将士からは、どよめきが起きた。

「つまり、岸どのは、まずは与三郎どのを始末し、それから光治どのまで殺して、不破家を乗っ取ろうとしておるのよ」

「黙れ黙れ！」

岸は顔を真っ赤にして怒鳴った。

藤吉郎はそんな岸をあざけるように笑って、

「岸どのよ、見苦しいぞ。もはやそなたの陰謀はあばかれたのだ。証拠となる手紙は、このようにいくらでもある」

とほかの書状も取り出してみせる。

岸はもう言い返すこともできず、すさまじい形相で藤吉郎を睨むだけだった。

「不破家の方々も、これでよく分かったであろう」

半兵衛はそう呼びかけて、

「与三郎どのは岸どのに陥れられただけで、まったくの潔白なのだ。不破家の家臣として、誰を捕らえて罰するべきなのか、よく考えてみられるがよい」

と将兵を見回した。

今や、不破家の将士たちは大きく動揺していた。

「岸どの、どういうことでござりますか！」

「これでは謀叛《むほん》ではございませぬか！」

組頭の武士たちが、持ち場をはなれて岸に詰め寄っていく。

「ええい、これは織田の間者の計略じゃ！　乗せられてはならぬ！」

岸は必死にわめいた。

軍勢のなかには岸の家来も十数人はいる。彼らは主人を取り囲んで、他の兵たちから守ろうとした。

（いまだ）

与三郎は大手門の内側で機会をうかがっていたが、さっと馬にまたがった。

「小松どの、お願いします」

そう声をかけると、小松はうなずいて、

「門を開けよ」

と兵士たちに命じた。

大手門がゆっくり開いていく。

与三郎は馬を歩かせて、門の外へ出た。

「あっ、若！」

宇八が声を上げた。

揉《も》み合っていた不破の兵たちが、一斉に振りむく。

「みなの者！　私はこれより不破光治の弟として、謀反人である岸権七《ごんしち》を討つ！　邪魔立てする者があれば、ともに斬り捨てるぞ！」

与三郎は大音声で告げた。

兵たちのなかで、与三郎へ敵意を向ける者はほとんどいなかった。どうすればよいのかと戸惑う顔で、なりゆきを見守っている。

「ふん、のこのこと姿を現しおって」

岸は与三郎の姿を目にして、かえって余裕を取り戻したようだった。

「誰ぞ、あやつを討ち取ってまいれ！」

その命令に応じて、岸の家来の武士がふたり、馬にまたがってこちらへ向かってきた。十人ほどの足軽も後につづく。

与三郎は馬の腹をひと蹴りして、騎馬武者たちを迎え撃った。手にしているのは長大な馬上刀だ。

敵の武者二騎は、槍をかまえて真っ直《ます》ぐに突進してくる。

「やあっ！」

先を駆けていた武者が、槍を突き入れてきた。

与三郎は刀で槍をすり上げ、返す刀で武者の喉を切り裂いた。

「ぐあっ……！」

武者はのけ反りながら落馬する。

もう一騎の武者も槍で突いてきたが、刀で打ち払った。

敵とすれ違うと、与三郎はすぐに手綱を引きしぼり、馬首を返した。

相手も少し遅れて、こちらに向かって反転する。

両者はふたたび急接近した。

「まいる！」

敵の武者は両腕で槍を頭上にかかげた。大きく横に振り回して、穂先で与三郎の首を狙ってくる。

与三郎はさっと身を伏せて槍をかわすと、

「やっ！」

と刀の刃先を突き出し、武者の右わきを深々とえぐった。

「うぐっ」

武者は血のあふれる傷口を押さえながら、しばらく馬上でこらえていたが、やがて力つきて地面へ転げ落ちた。

「ば、馬鹿な……！」

あまりに呆気《あっけ》なく二騎の武者が討ち取られ、岸は呆然としていた。

向かってきていた足軽たちも、すっかり浮き足立っていた。

与三郎の馬がせまってくると、何人かが逃げだす。

それでも、小頭を中心にして七、八人の足軽が踏みとどまり、与三郎に長槍《ながやり》を向けた。

与三郎は兵たちの目前で、ひらりと馬から飛び降りた。

「わあぁ！」

足軽たちは槍をならべて突っ込んでくる。

与三郎は刀で槍先をつぎつぎ払いながら、小頭の手元まで踏み込んだ。

「えいっ」

与三郎が振り下ろした刀が、小頭の頭を陣笠ごとたたき割った。

「ひいい！」

足軽たちは、それですっかり戦意を失った。慌てて逃げ散っていく。

それには目もくれずに、与三郎は岸に向かって駆けた。

「だ、誰か、やつを止めろ！」

岸が必死で叫んでも、もはや守ってくれる者はいない。

与三郎は岸の馬の前に立った。

「岸よ、こうなれば武士らしく覚悟を決めて、私と勝負せよ」

「なにを！」

岸は怒りに顔をゆがめると、

「よし、相手をしてくれるわ」

と馬を下りた。

岸は刀を抜いてかまえる。だが、近頃はろくに戦場に出ていなかったせいか、具足の重みで足がふらつくありさまだ。

「では、まいるぞ」

与三郎も刀をかまえ、ゆっくりと間合いを詰めていった。

岸は覚悟を決めたのか、逃げる気配もない。

（……妙だ）

ふと、与三郎は足をとめた。

岸が深くかぶった兜の奥で、にやりと笑ったように見えたからだ。

そのとき、ふいに強い殺気を感じた。

次の瞬間、だぁーん、と大きな炸裂音《さくれつおん》が響いて、与三郎の体が宙を舞った。

「て、鉄砲だあ！」

誰かが叫ぶ声がした。

城からやや離れた丘のうえに、鉄砲をかまえた兵の姿があった。

いざとなれば、いつでも与三郎を撃ち殺せるように、最初からそこに隠れていたようだ。

「ようやった！　不破与三郎、確かに仕留めたわ！」

岸が嬉しげに声を上げた。

「若！　若！」

宇八が身をよじりながら叫ぶ。

おきねは呆然《ぼうぜん》とした顔で、地面に倒れ伏した与三郎を見ていた。

「ようし、誰か与三郎の首をとってこい！」

岸が命じると、小者のひとりがおそるおそる与三郎に近づいていった。

小者は腰から小刀を抜き、与三郎の兜に手をかけようとする。

その瞬間、ばっと与三郎が立ち上がった。

「うわぁ！」

小者は慌てて逃げだす。

「なに、おぬし、どうして……⁉」

岸が愕然《がくぜん》として与三郎を見つめる。

与三郎の兜の前立てが銃弾によって砕かれていた。だが、与三郎自身は無傷だ。

鉄砲で狙われていると気づいた与三郎は、撃たれる寸前に、自ら跳躍していた。それで、弾がわずかに逸れたのだった。

ただし、前立てを打ち砕かれた衝撃で、ほんのわずかな時間、気を失っていた。

「ええいっ」

岸は身をひるがえして、馬に駆けよろうとした。

「待て！」

与三郎は疾走した。

岸が鐙《あぶみ》に足をかけ、馬にまたがったところで、与三郎は追いつく。

「逃がさぬ！」

与三郎の振るった刀が、岸の右膝を割った。

「ぐわあ！」

たまらず岸が地上へ転落する。

与三郎は地面でのたうち回る岸を見下ろしながら、

「兄上の信頼を裏切り、謀叛を企《たくら》むなど、許しがたい大逆人だ。兄上に代わって討たせてもらうぞ」

と告げた。

「だ、黙れ！」

岸が小刀を抜いて、与三郎の足へ斬りつけてきた。

それを、ふわりと跳んでかわし、岸の喉へ刃先をざくりと突き立てた。

「がぁあ……」

断末魔の呻《うめ》きを洩らして、岸は激しく痙攣《けいれん》した。

やがて岸が息絶えると、与三郎はその醜い死に顔をじっと見つめた。

（……哀れな男だ）

自分をさんざん苦しめてきた憎い敵ではあるが、討ち取ってしまえば怒りも消えていた。

与三郎は小刀を抜いて岸の死体のわきにかがんだ。

武士の作法にのっとって首を切り落とす。

立ち上がって辺りを見回すと、不破家の将士たちがじっと与三郎を見つめていた。

「謀反人、岸権七を討ち取った。これより、隊の指揮は私が預かる」

与三郎は声を張り上げて宣告した。

「は、仰せのままに」

物頭（指揮官）たちはすぐさまひざまずき、従う意志を見せた。兵卒たちも慌ててそれにならう。

与三郎は近くにいた小者のひとりを呼び、

「城へ持ち帰って兄上に首実検していただく。腐らぬよう塩漬けにしてくれ」

と命じて、岸の首を渡した。

小者が去ると、与三郎は杭に縛られた宇八たちのもとに向かった。

「わ、若……」

宇八は涙で顔を濡らしていた。

「宇八、よく耐えてくれたな」

与三郎は刀で縄を切った。

「若のすばらしきご活躍、宇八はこの目にしかと焼きつけましたぞ」

「それより、牢での暮らしは辛《つら》かっただろう。どこか悪くはしていないか」

「なあに、頑丈だけがそれがしの取り柄でございますよ。ご心配にはおよびませぬ」

「ならば、よかった」

与三郎はほっとして言った。

つぎに、与三郎はきねのもとへ向かった。

「おきね、私のせいでひどいめにあわせてしまったな。さぞ恐ろしかっただろう」

「いえ、きっと与三郎さまが助けて下さると、信じておりましたので」

きねはこわばった顔に笑みを浮かべる。

「そうか……そなたは強い娘だな」

与三郎はそう言って、縄を断ち切った。

おきねの手足は自由になったが、きつく縛られていたせいで、まだ痺れているようだ。その右手をとって、優しく撫でながら、

「城に部屋を用意してもらうから、まずはゆっくりと休むがよい」

と与三郎は言った。

「はい、ありがとうございます」

きねは恥じらいながらも、じっと与三郎を見つめた。

それから、与三郎は谷岡と遠藤も自由の身にした。

「おぬしたちにも、苦労をかけたな」

「なに、どうということはございませぬ。与三郎さまを信じたおかげで、こうして謀反人の岸を討つこともできましたしな」

谷岡が言うと、遠藤も同意するようにうなずいた。

「おぬしたちの助力なくしては、決して岸の企みをあばくことはできなかった。このこと、きっと兄上にお伝えするからな」

与三郎はそう約束した。

そのとき、背後から、

「見事な働きだったな」

と陽気な声がかけられた。

振り返ると、そこにいたのは藤吉郎だった。となりには半兵衛の姿もある。

「おふた方のお陰で、岸を討つことができました。感謝の言葉もありませぬ」

与三郎は深々と頭をさげた。

「よせよせ、そのようなあらたまった言い方は。おれたちは共に死地をくぐりぬけた仲間ではないか。力を貸すのは当然のことよ」

藤吉郎が笑って言った。

「私などは、近くでなりゆきを見守っていただけに過ぎません。この手柄は、すべて与三郎どののおひとりの力によるものですよ」

半兵衛は珍しく声をはずませて言った。

与三郎は、ふたりに心から感謝して、もういちど頭を下げた。

そこへ、小松が小走りにやってきた。

「何かあったか?」

半兵衛が聞くと、

「森直どののことで、ご報告がございます」

「直どのに何か?」

はっと緊張して与三郎はたずねる。

「先ほど、意識を取り戻されたそうです。とはいえ、まだ口も利けぬほど衰弱しておられますので、当分は療治の必要がございましょう」

「そうですか……」

ともあれ、直が命をとりとめたことに、与三郎は安心した。

西保城の方をむき、目を閉じる。

(源七郎どの、貴殿との約束はどうにか果たせたようです)

胸のうちで、そう語りかけた。

しばらくして、与三郎が目を開けると、近くにいた不破家の家臣が、

「与三郎さま、恐れながら、我らへ下知《げち》(命令)をいただけましょうか」

と申し出てきた。

「うむ、分かった」

与三郎はうなずき、寄り集まって待っている物頭たちのもとへ向かった。

九章　半兵衛の覚悟

一

菩提山城で岸を討ってから、十日が過ぎた。

西保城へ戻った与三郎は、以前の生活に戻っていた。

もちろん、それは表面上のことに過ぎない。与三郎が岸の陰謀をあばき、見事に討ち取ったという話は、城内に知れ渡っていた。

後で聞いた話では、あのとき岸はまったく独断で兵を動かしていたらしい。光治はちょうど稲葉山城に出むいていて、不在だったそうだ。

西保城に戻ってきた光治は、報告を聞いて、ただちに処分をくだした。

まず、岸の息子は切腹を命じられ、他の一族は追放された。

また、お鶴と光孝は、近江にある実家へ送り返された。

そのほか、騒動に関わったひとりひとりに論功行賞がおこなわれ、谷岡と遠藤は働きを認められて俸禄《ほうろく》が加増されていた。

ただ、与三郎にだけは、まだ何の処分もくだされていなかった。

そのことに若干の不安はあるものの、

（まさか、ふたたび切腹を申しつけられることもないだろう）

と開きなおることにしていた。

外出を禁じられているわけでもなかったので、与三郎は毎日のように正照寺へ通っていた。

その日も、庫裏で円了に会い、あれこれと話し込んでいると、

「失礼いたします」

と小僧がやってきた。

「いかがした？」

円了がたずねると、

「直さまが、与三郎さまにお会いしたいとおっしゃっておられます」

「ほう。では、こちらへご案内せよ」

「かしこまりました」

小僧は一礼して廊下を引き返していった。

直は三日ほど菩提山城で療養した後、正照寺に移されていた。今は宿坊の一室で寝起きしている。

源七郎の葬儀はすでに行われていた。遺体は正照寺の墓地へ埋められている。

葬儀には与三郎も参列したが、虚《うつ》ろな目でじっと祭壇を見つめている直の姿に、痛ましさをおぼえたものだった。

しばらく待つうちに、小僧に案内されて直がやってきた。

直は女らしく薄化粧をして、あでやかな柄の小袖を着ており、はっと息をのむほどに美しかった。

直は与三郎とむき合って座ると、床に両手をついて、

「お久しぶりにございます。本来でしたら、もっと早くにお礼のご挨拶をすべきところを、このように遅くなって申しわけございませんでした」

と頭をさげた。

「いえ、とんでもない。それよりも、お体の方はもうよろしいのですか？」

「はい。お陰さまで、すっかりよくなりました」

「これから、どうなさるおつもりですか？　やはり、実家へ戻られるのでしょうか」

「……分かりませぬ。仇討ちを終えたあとのことなど、何も考えておりませんでしたから。それに、源七郎を死なせておきながら、私だけが人並みな暮らしに戻る気もい

たしません」

　直はそう答えてから、円了を見て、

「幸い、御住職さまのご厚意で、当分は宿坊をお借りできることになっております。しばらくはこの地に留《とど》まって、身の振り方を考えてみようと思います」

　と言った。

「うむ、それがよい」

　円了の声には隠しきれない嬉しさがにじんでいた。

（また悪い癖がでなければよいが）

　与三郎は横目でちらりと円了を見た。

「それでは、私はこれで失礼いたします」

　直は一礼して部屋を出ていった。

　が、しばらく廊下を進んだところで、ふと立ち止まって振り返る。

「あの、与三郎さま、少しよろしいでしょうか」

「何でしょう」

　与三郎は立ち上がって、直のもとへ向かった。

　直は与三郎とむき合うと、声をひそめて、

「……菩提山では、傷の手当をしていただき、ありがとうございました」

と言った。その目は恥ずかしげに伏せられ、頬が赤く染まっている。

(そうか、あのとき、直どのは意識を取り戻していたのか)

つまり、自身の裸形を与三郎に見られたことを知っているわけだ。

「いや、それは、どうも……」

与三郎がしどろもどろになっていると、

「では、これで」

と直はあらためて一礼して、廊下を去っていった。

直の姿が見えなくなるまで見送ってから、与三郎は部屋に戻った。

「……直どのは、髪を下ろして尼僧になるつもりかもしれぬのう」

円了がぽつりと言った。

「そのようなご相談でもあったのですか?」

「いや、なんとなくそのような気がしただけじゃ」

とはいえ、それはあり得る話に思えた。

それからまたしばらく円了と雑談した後、与三郎は寺を後にした。

城に戻ると、自宅の前で宇八が待っていた。

「あ、若!」

と慌てて駆け寄ってくる。

「どうしたのだ」

「殿より、お呼び出しにございますぞ」

「……そうか」

（ついにこのときが来たか）

どのような裁定となるか分からないが、与三郎の心は不思議と落ち着いていた。

「迎えの使者は来ているのか？」

「いえ、ご支度ができ次第、本丸のお屋形へ来ていただきたいとのことです」

「分かった」

家に入った与三郎は、まずは水を一杯飲んだ。

それから衣服を正式な装束へ改める。腰には小刀を一本だけ差した。

「では、まいろうか」

与三郎は宇八を供にして、光治の屋形に向かった。

屋形に着くと、すぐに小姓が迎えに出てきた。

宇八は玄関脇の控えの間に留まることになった。

「若、どうぞお気を付けて」

宇八の顔は緊張で引きつっていた。

小姓に案内された先は、いつもの大広間だった。

すでに不破家の主立った家臣たちが顔をそろえている。末席には谷岡と遠藤の姿もあった。

広間の上段では、光治が座って待っていた。

厳粛な空気のなか、与三郎はゆっくりと光治の前に進み出ると、ひざまずいて挨拶した。

「兄上、遅くなって申しわけございません。ただいま参上いたしました」

「うむ」

光治は重々しくうなずくと、

「……昨日、わしは菩提山城へおもむいて、半兵衛どのに会ってきた。この度の我が家の不始末について謝罪するとともに、ことの経緯をくわしく聞いてきた」

と言った。

与三郎は黙って光治の顔を見上げ、つぎの言葉を待つ。

「今度の騒動は、まったくわしの不明が招いたことであると分かった。岸を重用するあまり、その言葉をまるで疑わず、いいように操られて、まさに恥ずべきことであった。おぬしにも多大な迷惑をかけたようで、まことに済まぬ」

そう言って、光治は頭を下げた。

「兄上……」

「そなたはこれまで、身の危険を避けるために、愚か者のふりをしてきたそうじゃな。それもまた、家内を十分におさめることのできなかったわしの責任じゃ」

光治はそう言うと、広間を見渡して、

「よいか、今後、城内で与三郎の命を狙うような者があらば、それはわしへの反逆と同じとみなす。そのこと、心しておけ」

と厳しい声で告げた。

ははっ、と家臣たちは一斉に頭をさげた。

「……さて、与三郎よ。そなたも色々と思うところがあろう。だが、これまでのことは水に流して、今後はわしとともに不破家を守り立てていってくれぬか」

一瞬、与三郎は返答に迷った。

今回の件の始末がつけば、身ひとつで不破家を出て、広く天下を巡るつもりでいたからだ。

だが、すぐに与三郎は腹を決めた。

「はっ、もったいないお言葉にございます。この与三郎、兄上のために粉骨砕身いたします覚悟です」

これから美濃は動乱のときを迎え、不破家はかつてない難局にぶつかるだろう。そのとき、兄の側にあって支えとなりたい、という気持ちが自然とわいていた。

「うむ、よう言ってくれた」

光治は表情をやわらげると、

「こうなれば、そなたにも知行地《ちぎょうち》を与えねばならぬな。それに、本丸にも新たに屋敷を用意させるつもりじゃ」

「ありがたきことにございます」

与三郎は平伏して礼を言った。

それから、くつろいだ空気のなかでしばらく歓談した後、与三郎は光治の前からさがった。

玄関まで戻ると、控えの間から宇八が飛び出してきた。

「若、いかがでございましたか」

「うむ、兄上よりありがたい言葉をいただいた」

与三郎が広間でのやりとりを語って聞かせると、

「さようですか……これまでの若のご苦労も、ついに報われましたな」

と宇八は目に涙をうかべて言った。

「おまえにも辛い思いばかりさせてきたが、これで少しは楽をさせてやれそうだ」

与三郎が笑顔でいうと、宇八はこらえきれなくなったように両手で顔を覆った。

光治の屋形を後にしたふたりは、一度自宅に戻って休むことにした。

家に着くと、与三郎は居室に入って衣服を着替えた。

それから、縁側に出てゆっくりと狭い裏庭を眺める。

決して快適な住まいとはいえないが、ながく暮らしてきたこの家を離れるかと思うと、寂しさもあった。

しばらくして、宇八がやってきた。

「若、お休みのところをお邪魔いたします」

「どうしたのだ？」

「さっそく若の新しい屋敷が決まったそうで、案内の者がまいっております」

「これは、手回しの良いことだな」

部屋を出て土間へ行くと、小者が待っていた。

「それでは、ご案内いたします」

「うむ、頼む。宇八も一緒にこい」

「はっ」

与三郎たちは小者の後につづいて本丸に向かった。

案内された先は、かなり広い屋敷だった。

なかに入って部屋を数えてみれば、十二間もあった。

とても宇八とふたりで暮らすような家ではなかった。しかし、後々、与三郎が直臣を召し抱えることになれば、これくらいの部屋数はいるかもしれない。

「まずは、下男や女中を雇い入れませんとな。それがしひとりでは、掃除をするだけで日が暮れてしまいますぞ」

宇八は嬉しげに言った。

「そのことだが……」

と与三郎は広い庭に目をやりながら、少しためらった後、

「おきねを女中として召し抱えるというのはどうだろう」

「おお、それはようございます。あの娘なら、しっかり働いてくれましょう」

宇八が賛成してくれたので、与三郎はほっとした。

「では、さっそく使いの者をやってくれるか」

「それならば、それがしが今から参りましょう。早く人手を集めなければ、荷を運び入れることもできませぬからな」

「そうか、では頼む」

与三郎はそう言ってから、

「ああ、しかし、無理に命じてはいかんぞ。あくまで、本人にその気があれば働いてもらいたいと、丁重に申し出てくれ」

「分かっておりますよ。それでは」

宇八はいそいそと屋敷を出ていった。
ひとりになった与三郎は、ふたたび屋敷のなかを見て回った。
やがて、すっかり日が暮れると、与三郎はひとまず自宅へ戻ることにした。
腹が減っていたが、宇八がいなければ何も食べるものがない。
夜が更けても、宇八はまだ帰ってこなかった。
（宇八め、何をしているのだろう）
もしかすると、交渉が上手くいっていないのかもしれない。
きね自身はその気になっていても、両親が拒んでいる、ということも考えられた。
家の戸が開く音がしたのは、真夜中に近い時刻だった。
「ただいま戻りました」
宇八の声がする。
「遅かったな」
与三郎は土間まで迎えに出たが、そこで思いがけないものを目にした。
宇八のうしろに、きねの姿もあったのだ。
「おきね、どうしたのだ」
与三郎がたずねると、宇八が、
「どうせなら明日からでもご奉公したい、と申すものですから、つれて帰ったのです」

と答えた。

「あの、ご迷惑だったでしょうか……？」

きねが不安そうに言う。

「いや、ありがたいことだ。さっそく、明日から働いてもらおう」

与三郎の返事を聞いて、きねはほっとした顔になった。

「ところで、宇八。昼から何も食べてないので腹が減った。戻ったばかりのところを悪いが、何か作ってくれないか」

「あっ、若のお食事のことをすっかり忘れておりました。すぐにお支度します」

宇八が慌てて言うと、

「私もお手伝いいたします」

ときねも急いで荷を下ろした。

与三郎は居室に戻って、ふたりが食事の支度をしてくれるのを待つことにした。

炊事場から宇八ときねの会話が聞こえてくる。きねがひとり加わっただけで、家のなかはずいぶんと賑《にぎ》やかに感じられた。

（……ともかく、すべて無事に片づいたようだ）

くつろいだ気分のなかで、ごろりと横になった与三郎は、いつの間にか軽く寝息をたてはじめていた。

二

年が明け、西保城は新春を迎えた。

今年は、例年にくらべて雪がすくなく、暖かな日和《ひより》が続いていた。

その日、早朝から光治に呼びだされていた与三郎は、昼を過ぎた頃に自分の屋敷へ戻った。

玄関まで迎えに出てきた宇八が、

「どのような御用でござりましたか？」

とたずねてくる。

「次の調練（軍事訓練）の相談だ。この度は、私も足軽五十人の一隊を預かることになるらしい」

「それはまことにござりますか」

宇八は喜びに目をかがやかせて、

「もちろん、それがしも槍持ちとしてお側に置いてくだされましょうな？」

「そのつもりだ」

与三郎は刀を宇八にあずけて、廊下をすすんだ。

「おかえりなさいまし」

新たに召し抱えた女中たちが、挨拶をしてくる。

与三郎はまだ、多くの奉公人に囲まれた暮らしに慣れていなかった。少しぎこちなく挨拶を返しながら居室に入る。

しばらく休んでいるうちに、

「失礼いたします」

と襖のむこうから声がした。

「うむ、入れ」

与三郎が応じると、襖がすっと開く。

部屋に入ってきたのは、きねだった。

「お飲物をお持ちいたしました」

湯飲みをのせた盆を運んでくる。

きねが屋敷で働きはじめたばかりの頃は、何かと粗野な仕草も目立っていた。しかし、ほんの数ヶ月の間に、すっかり武家の女中らしい振る舞いが身についていた。

「すまぬな」

与三郎は、きねの差しだす湯飲みを受けとった。

入っていた熱い麦こがしをすすると、冷えきっていた体が温まる。

「あの……」

きねが遠慮がちに言う。

「なんだ？」

「また、戦さがあるのでしょうか？」

「うん？　……ああ、いや、兄上からのお話なら、調練についてだった」

「そうなのですね」

きねはほっとした顔になる。

武家育ちの娘とは違って、きねは戦さを恐れ、嫌う気持ちが強いようだった。

「おそらく、雪解けの頃までは、大きな戦さは起きないだろう」

与三郎はそう言った。

女中が主人に戦さのことをたずねるなど、武家のしきたりからすればあり得ないことだ。しかし、与三郎は、きねが知りたがることには何でも答えてやっていた。

現在のところ、織田信長は尾張国内に残った最後の敵である織田信清《のぶきよ》の征伐をすすめており、美濃国への侵略は小休止という形になっていた。

「どうだ、ほかの女中たちとは仲良くやれているか？」

湯飲みを置きながら、与三郎は話を変えた。

「はい。みなさん、お優しいひとたちばかりで、何でも丁寧に教えてくださります」

「そうか、それは何よりだ」

新しく召し抱えた奉公人は、みな宇八が選んだ者たちばかりだ。きっと心配はないだろうと思いながらも、やはり気になっていた。

「ですが、お武家さまでは季節ごとの行事もむずかしいものが多くて、失敗ばかりしてしまいます」

きねが少し気落ちしたように言う。

「焦らず、ゆっくりおぼえればいいのだ」

与三郎はそう言って、

「どうせ私も宇八とふたりで暮らしていた頃は、せいぜい正月に餅を焼くくらいしかしていなかったからな」

と笑った。

そのときだった。

どたどたと廊下を駆けてくる音がして、

「若、大変でございます！」

と宇八が部屋に飛び込んできた。

「どうしたのだ」

「ただいま、正照寺より使いの者がまいったのですが……」

「何かあったのか？」

「御住職さまが、斬られたそうです」

それを聞いて、与三郎は一瞬、呆然とした。

「……何かの間違いではないのか？　御住職が斬られるなど、考えられぬことだ」

「ともかく、すぐに使いの者をつれてまいりますので、当人からじかにお聞きくださされ」

宇八は慌ただしく引き返していった。

（いったい、何があったというのだ）

与三郎は座っていられず、立ち上がって室内をうろうろと歩き回った。

きねも青ざめた顔になって、与三郎を見つめている。

やがて、宇八が使いの者を案内してきた。

寺で下男として働いている中年の男で、与三郎も見知った顔だ。

「与三郎さま、大変でございます」

寺から城までずっと駆けてきたのか、下男はまだ息が切れていた。

「御住職が斬られたというのはまことか？」

「はい。急に寺へやってきた侍どもによって……」

「お命はどうなのだ」

「分かりません。御住職さまが斬られた後、わっしはすぐに寺を抜け出て、こちらへお知らせにまいったものですから」

「そうか……」

与三郎は唇をかんでから、

「侍というのは、野盗のたぐいか？」

「いいえ、立派な装束を身につけていて、治部大輔さまの家来だと名乗っておりました」

「治部大輔さまの……」

となれば、国主である斎藤龍興の直臣ということになる。

「どのようないきさつがあって、御住職が斬られたのだ？」

「何か、侍たちと言い争いになったせいだと聞いておりますが」

「言い争いだと？」

円了が武士を相手に無用の争いをおこすとは思えない。よほどの事情があったのだろうか。

下男はそれ以上くわしいことを知らないようだった。

「よし、私はいまから正照寺にでむく。宇八、馬を用意してくれ」

与三郎が命じると、

「はっ」

と宇八は部屋を飛び出していった。

「御住職さまは、大丈夫でしょうか」

きねはおろおろしながら言う。

「無事を祈るしかあるまい。それよりも、着替えの手伝いを頼む」

「はい」

きねは急いで衣服を用意した。

着替えを終えたときには、与三郎は落ち着きを取り戻していた。

刀を腰に差し、屋敷を出ると、

「では、行ってくる」

と、見送りの宇八やきねたちに声をかけ、馬にまたがった。

大手門から駆け出て、正照寺に向かう。

寺の山門前に着くと、石段のところに寺僧の姿があった。

「あっ、これは与三郎さま」

寺僧は救われたように駆け寄ってくる。身につけた袈裟《けさ》は血に汚れていた。

与三郎はさっと馬から下りて、

「そなたも侍たちから逃げてきたのか？」

とたずねる。

「いいえ、侍たちはすでに引き上げました。私はここで与三郎さまをお待ちしていたのです」

「御住職はどうなった？　まさか死んではおられぬだろうな？」

「はい、深い傷を負われましたが、意識はございました。ただ……」

「どうしたのだ？」

「侍たちによって、連れ去られてしまいました」

「なに⁉」

「治部大輔さまの命に逆らうとは、たとえ僧であろうと許しがたい。城へ連れ帰って死罪にする、といっておりました」

寺僧はぶるぶると震えながら言う。

「そもそも、侍たちは何のために寺へやってきたのだ？」

「連中の目当ては直さまのようでした。直さまの宿坊へ押し入って、力ずくで連れ去ろうとしたのです。この娘を大殿さまへ献上する、と言って」

「御住職は、それを止めようとしたわけか」

「はい。御住職さまは、あくまでも穏やかに説得なさろうとしたのですが、連中は聞